Emanuel Schikaneder

Der Königssohn aus Ithata

Eine große heroischkomische Oper in 2 Aufz. Musik von Franz Anton

Hoffmeister

Emanuel Schikaneder

Der Königssohn aus Ithata
Eine große heroischkomische Oper in 2 Aufz. Musik von Franz Anton Hoffmeister

ISBN/EAN: 9783743464841

Hergestellt in Europa, USA, Kanada, Australien, Japan

Cover: Foto ©Andreas Hilbeck / pixelio.de

Weitere Bücher finden Sie auf **www.hansebooks.com**

Der
Königssohn
aus Ithaka.

Eine große
heroisch-komische Oper in 2 Aufzügen.
Verfaßt
von Hrn. Emanuel Schikaneder.
In Musik gesetzt
von Hrn. Franz Anton Hoffmeister

Wien 1797.
In der Franz Anton Hoff-meisterischen Musik-
Kunst- und Buchhandlung.

Personen:

Calypso, Fürstinn der Insel Ogygia.

Tillina, Freundinn der Calypso.

Pratschina, Lieblingsnymphe der Calypso.

Armelia, eine Erdnymphe, und seyn wollende Philosophinn.

Rabina, Geschäftsträgerinn der Calypso.

Polania)
Matina | Aufseherinnen der Wassergrotte.
Molina)

Telemach, Königssohn aus Ithaka.

Mentor, Telemachs Freund und Lehrer.

Kolifonio, Telemachs Gesellschafter und Tischfreund.

Dienerinn der Göttinn Flora

Arzestens Schatten.

Listas,)
Anaxagoras, | Telemachs Begleiter auf Kreta.
Angon,)

Fünf Pflegsöhne Cytherens.

Mehrere Krieger Telemachs.

Pro memoria!

In den ersten Jahrhunderten nach Christi Geburt bis zur Erfindung der Buchdruckerey gab es Abschreiber, welche durchs Abschreiben sich ihr Stücklein Brod ehrlich und redlich verdienten. Ihre Nahmen sind erloschen, denn diese Abschreiber waren zu ehrlich fremde Arbeiten für die Ihrige auszugeben; ob sie es gleich mit eben so guten Rechte hätten thun können. wie es heut zu Tage geschieht, indem durch ihre Abschriften der Griechischen und Römischen Werke die verschiedenen Lesarten (variae lectiones) entstanden sind. Heut zu Tage gibt es aber keine Abschreiber mehr, sondern nur Umarbeiter, welche fremder Leute Arbeiten hernehmen, dieselbige mit großmauligen Tone herunter setzen, wie Marktschreyer ihre zusammengebettelte Waare herausstreichen, und mit in die Seite gestemmten Armen und gespreizten Beinen dem geehrten Publikum vordemonstriren, was für eine Herkulische Arbeit sie geliefert haben. Diese Leute sind noch so keck, und sagen in einer Vorrede: „Wer das Original kennt, deßen

, Bearbeitung ich hier liefere, der wird finden was ich dabey geleiftet habe, oder nicht! — Oder nicht!! Ja wohl, ja wohl! — Dergleichen Menschlein geberden sich, als ob der gute Geschmack, aller Orten, wo fie nicht vegetiren, in Zügen läge, und nur durch ihre geiftvolle Salbung vom Untergange gerettet werden könnte! — Wie mögen doch fo große Geifter, wie Herr Bulpius und Konforten ihre koftbare Zeit mit Umarbeitung geringer Geiftes - Geburten vertändeln, da es ihnen ja weit rühmlicher wäre, mit einem Göthe, Leßing, Engel um den Kampfpreis zu buhlen! —

Hätte Herr Bulpius meinen Spiegel von Arkadien wirklich neubearbeitet, und umgearbeitet, fo würde ich ftille gefchwiegen, und ihm noch obendrein die Hand gedrückt haben, wenn er etwas beßers geliefert hätte! Hätte Herr Bulpius für fein Theater diefe Abänderungen, die durchgehends nur in Wortklaubereyen beftehen, fchriftlich getroffen, fo würde ich mich gar nicht bekümmert haben; denn ein Theaterdichter muß arbeiten und fchreiben, das weiß ich — Noth hat kein Gebot, und — wir wiffen, was wir wiffen! — Aber nur fo hinzutreten, dem guten Publikum Stand in die Augen zu ftreuen, und alte Waare für frifche auszugeben — das ift doch zu arg! —

Daß das berufene Arkadien keine Insel war, steht ja schon im Zeitungslexicon des alten Hübners, das wußte das deutsche Publikum, und ich; vielleicht noch ehe, als Herr Vulpius die Windeln quittirt hat. Mein Arkadien ist idealisch, so wie die ganze Intrigue meiner Oper — Herr Vulpius wird mirs also nicht ungütig nehmen, daß ich mein Arkadien, oder Ätiopien, oder Liliput, oder Schlaraffenland zu einer Insel gemacht habe! Warum sie die Insel nicht zum festen Lande machen konnten, sehe ich nicht ein; denn in der ganzen Musik ist wirklich keine Note, welche sagt, daß mein Arkadien eine Insel seyn müße! — Doch sie können, wie mir scheint, vieles nicht machen, nur vieles schwadroniren! — Spiegel heißt meine Oper, weil sie Situazionen der Arkadier darstellt, zu diesen Situazionen gehört nun natürlich auch die Episode mit Tarkeleons Zauberspiegel.

Sie halten sich darüber auf, daß ich Handwerker aus der Erde wachsen laße? Wenn ich schon die Einwirkung einer Gottheit annehme, so ist mir das Wunderbare erlaubt, und mein Jupiter kann sie mit karakteristischen Kennzeichen ihrer künftigen Gewerbsbestimmung erscheinen laßen; denn nackend werden diese Erdgebohrne, wie sie dieselben nennen, auf ihrer Bühne woll auch schwerlich erschießen

seyn! Überhaupt ist diese Idee in gewißer
Hinsicht mythologisch! Sie kennen doch wohl
die Geschichte des Deukalions und der Pyrrha?

Sie werfen mir ferner vor, daß ich den
Jupiter und die Juno mit einer Leyer erscheinen laße. — Soll er etwa als Bauer auf
einem Fortepiano ein Conzert spielen, oder
die Trompete blasen? Wenn Sie es aber
überhaupt für eine Gottheit finden, so müßen
Sie auch der ganzen Griechischen und Römischen Mythologie einen Prozeß an Hals werfen, welche ihn bey einem weit unedlern Zwe-
cke, als Stier hat erscheinen laßen! —
Und — Herr Vulpius — ein Mensch wird
doch edler, als ein Stier seyn! —

Sie sagen ferner: Metallios Zoten gebe
ich dem Verfaßer des Originals zurück! O
hätten Sie mir lieber meine ganze Oper, so
wie sie war, zurückgegeben; denn Sie haben
dieselbe verbösert, nicht verbeßert! — Selbst
die meisten Zoten, wie sie, ehrbarer, züchti-
ger Verbeßerer, meine Laune zu nennen be-
lieben, haben Sie beyzuhalten geruht; doch
ein paar Stellen, diesen Nutzen muß ich
Ihnen laßen, haben sie treulich durchgewäs-
sert! — Das hiesige Publikum trinkt lieber
Wein, als Waßer, die hiesige Censur ist so
wachsam und strenge auf gute Sitten, als

irgend eine in Deutschland, und läßt keine
Zoten statt finden, freylich den Unreinen ist
alles unrein! — Wenn ich meine Zeit ver-
schleudern und dieses Notabena verlängern
möchte, so wollte ich Ihnen aus Ihren Glücks-
Liebs und Ehstands-Proben **wahre** Zoten
herausklauben.

„Der Dialog aller handelnden Personen
„ist **größtentheils** ganz neu für gesittete
„und **Deutsche** Zuschauer geschrieben wor-
„den.“ Es ist sehr gut, daß Sie die Ein-
schränkung **größtentheil** gebrauchen; dem-
ungeachtet muß ich Ihnen sagen, daß es
größtentheils beym Alten geblieben ist, wie
ich beym durchlesen gefunden habe. Auch haben wir hier Gottlob! ein **gesittetes** und
Deutsches Publikum, daß von Herrn Vulpius Theaterdichter zu Weimar nicht Deutsch
lernen **kann**, wie ich Ihnen weiter unten
zeigen werde! Mir scheint es fast, sie haben
Ihre Vorrede vorausgeschrieben, und viel
ändern wollen, aber wenig ändern können,
wie es öfter geht. Parturiunt montes, nas-
catur ridiculus mus! —

„Die Verse sind allenthalben abgeändert!
Dies ist mit Erlaubniß impertinent gelogen;
denn ich habe die Arien des Originals mit
ihrer Umarbeitung Zeile für Zeile verglichen!

Bey Ihnen heißt umarbeiten ein Wort weg-
stehlen, und ein gleichlautendes hinflicken!
Sie nehmen sich ferner die Freyheit im Ge-
sange Ausrufungen in Fragen, und so um-
gekehrt zu verändern, werden also wohl nicht
wißen, daß eine Frage in der Musikalischen
Deklamation ꝛerß gesetzt wird, als eine
Ausrufung! Die zweyte Hälfte der ersten
Arie des Metallio haben sich wörtlich beybehalten, also haben Sie in Ihrer Vorrede
gelogen! — Das Terzett zwischen Jupiter,
und den beyden Genien ist bis auf ein paar
Worte beybehalten, also — gelogen! Das
Quartett im ersten Akte, die Arie Tarkeleons,
aus dem sie einen Tarkaleon gemacht haben,
und das Final ist bis auf wenige Worte beym
Alten geblieben; also — gelogen! — Im
zweyten Aufzuge, der erste Chor wörtlich geblieben; also — gelogen! — Aber bey Ju-
piters Arie haben sie sich stark angegriffen. Ich
will den Text des Originals, und der Umarbeitung neben einander setzen, damit der un-
befangene Leser selbst urtheilen kann, welcher
beßer sey?

Mein Original.	Umarbeitung des Herrn Vulpius.
Geziert mit Kraft und Stärke	Begabt mit Kraft und Stärke
Schuf die Natur den Mann;	Schuf die Natur den Mann,
Daß er durch seine Werke	Daß er durch Hände Werke
Sein Haus erhalten kann!	Sein Haus erhalten kann.

Die Thätigkeit ernährt,	Die Thätigkeit ernährt,
Doch Müssiggang entehrt.	Der Müssiggang entehrt.
Stets lohnen stille Freuden	Dann lachen stille Freuden
Den Vater und den Mann,	Dein Vater und dem Mann.
Sanft schmiegt das Weib	Wenn Kinder um ihn scher-
in Leiden.	zen,
Sich an den Gatten an;	Sieht er sie lächelnd an.
Und Kinder lächeln dann	Die Kinder lächeln dann
Die frohen Eltern an!	Die frohen Eltern an!

Herr Vulpius muß kein Freund von treuen Weibern seyn, welche sich im Leiden an ihre Männer anschmiegen; oder vielleicht ist das bey seinen deutschen gesitteten Zuschauern nicht schicklich! Ich muß nun doch auch von seinen Veränderungen in der Prosa mitunter ein kleines Pröbchen mittheilen.

Mein Original.

Metallio. Ich sage, daß das Weib auf mich einen ganz kuriosen Eindruck gemacht hat. Ist euch nicht auch so Männer?

Schuster. Ich fühle weiter gar nichts, als daß mich hungert.

Schneider. So ist mir just auch.

Alle. Und mir auch

Vulpiussche Um-arbeitung.

Metallio. Das Weib hat einen kurio-sen Eindruck auf mich gemacht. Gebts euch nicht auch so, ihr Erd-bürger? —

Mirag. Ich weiß viel, was ein Eindruck ist.

Toxilos. Ich fühle weiter nichts, als daß es mich hungert.

Metallio. O du Pflanzengeschöpf!

Metallio nennt einen Menschen, welcher hungrig ist, ein — Pflanzengeschöpf! Bey solchen Spaß muß man gekitzelt werden, wenn man ja drüber lachen soll; auf seine komische Muse darf sich Herr Vulpius wahrlich nicht viel zu gute thun, sie ist sehr traurig, die arme Närrin! Der Chor, den Balamo beym Altare vorsingt, ist ganz wörtlich brybehalten; also abermals — gelogen — Ich würde nicht fertig werden, wenn ich alle die wichtigen Veränderungen bezeichnen wollte, welche Herr Vulpius machte. Im zweyten Final nennt Balamo die Filania eine schöne Sünderin! In dem sechszehnten Auftritte des zweyten Aufzugs sagt Metallio in der Vulpius Sprache: Jezt gehts damit zu der hübschen Bäuerinn, **und dann kommts an den Hungerleidern ihre Weiber.** Was doch Herr Vulpius für ein schönes Deutsch schreibt! Vont welchem Klaßiker mag ers wohl gelernt haben? — Im ersten Terzett des zweyten Finals hat er das Trio auch abgeändert!

Mein Original.	Umarbeitung des Herrn Vulpius.
Wer wahre Freunde zählet,	Wann Freunde euch belebten
Und kennt dies heil'ge Band,	So folget ihrem Rath,
Dem hats noch nie gefehlet,	Sie werden euch bekehren
Der Freund reicht ihm die Hand.	Zu mancher guten That!

Herr Bulpius muß einmal Candidatus Theologiae gewesen seyn, weil er so gerne die biblische Sprache in seinen Umarbeitungen einmischte. Auch die Namen meiner beyden Genien Kalos und Agathos hat er kastrirt, und Agos und Athos drausgemacht, Namen welche gar nichts bezeichnen; die meinigen habe ich von den Griechischen Wörtern καλος borus, und αγαθο'ς probus genommen. — Sehen Sie, wie gewißenhaft ich Ihnen von meiner Haushaltung Rechenschaft ablege. Ich wünschte, daß sie in Ihrer Vorrede eben so ehrlich von Ihrer Arbeit gesprochen hätten, so würde ich Schnitzeleyen kaltblütig übersehen haben. Hier wäre also abermals eine Oper, an der sie vielleicht ihr Müthlein kühlen werden. Doch würde ich einem so klugen Manne wie Herr Bulpius ist, rathen, sich vor der Hand mit dergleichen Kleinigkeiten, als eine solche Oper ist, nicht mehr uz befassen, sondern lieber so bald als möglich eine Oper zu liefern, die ihres gleichen an Phantasie, Ausdruck, Erhabenheit, und dichterischen Geiste suchen müßte! Es ist so läppisch über Dinge zu schimpfen, die man heißhungrig aufsucht, und verschlingt. Ich habe niemals eine meiner Opern dem Herrn Bulpius angetragen, wem sie nicht behagen, der mag sie liegen laßen. Meine Zauberflöte hat bereits die dritte Auflage, den Nachdruck ungerechnet, er lebt, da der Verleger ihrer Umarbeitung noch immer an der erſten Auflage zu dauen hat. Sie gefällt noch immer in ihrer erſten Geſtalt hier und anderwärts, ungeachtet es erſt neulich einem namenloſen Pasquillanten eingefallen iſt, ſie verdächtig zu finden, und ihr Grundſätze einer gewißen ausländiſchen Rotte, die ich als ein edler Deutſcher verabſcheue, anzudichten. Doch was bekümmere ich mich um unbekannte Verleumder, ſie ſind Meuchelmörder, die ehrliche Leute, mit dem Dolche in der Hand', von hinten überfallen. Ich biete gerne als Mann dem Manne die Stirne, handle offen wie es meine Pflicht iſt, und diene mit ruhigem, dankerfülltem Herzen dem Vergnügen meines gnädigen und verehrungswürdigen Publikums, von deſſen Unterſtützung ich lebe — dem ich ſo viel — ſo unendlich viel zu danken habe.

Wien den 25ten September
1796.

Emanuel Schikaneder,

deutſcher Schauſpieler, und k. k. priv. Unternehmer
des Theaters auf der Wieden in Wien.

Actus I.

Scene 1.

Das Theater ist eine Allee von großen Bäumen; statt der Lustservietten neigen sich die Aeste von Bäumen zusammen. Eine tiefe Aussicht ins Meer. Eine Marmor= treppe schließt das Ufer des Meeres. Ca= lypso schläft auf der Treppe, ihr Haupt ruht auf ihrem ausgestreckten Arm. Sobald der Vorhang aufgezogen wird, zeigt Calypso einen sehr unruhigen Traum an: dann tritt nach einem Ritornell Tillina mit ei= nem Blumenstrauß auf.

Introduction.

Nichts kann mir so sehr gefallen
Als dies Kleinod der Natur,
Darum lieb ich auch vor allen
Nur die Blümchen auf der Flur.

Das, was Menschen Liebe nennen,
Soll mir stets Geheimniß seyn,
Liebe wünsch ich nie zu kennen,
Denn sie bringt nur Schmerz und Pein.

Recit. (Sie geht herum, und erblickt
Calypso.)

Ihr Götter, ach! was muß ich sehn?
Calypso unsre Fürstinn schläft auf harten Stein?
Ich fühl es wie Ihre Leiden mir zu Herzen
gehn,
Ihr Schwestern kommt, seht unsrer Fürstinn
Pein!

(Viele Nymphen treten auf.)
Seht unsre Fürstinn unter jenem Baume,
Sie schläft mit einem Martervollen Traume.

(Calypso im Schlafe.)
Ulißes könnte mich verlassen?.
Weh über mich: er ist dahin!

(4 Nymphen.)
Sie träumt sich von Uliß verlassen,
Der Hölle Fluch komm über ihn.
(Von weitem Blitz und Donner)
Weh uns!

(Blitz und Donner.)
Weh uns, was haben wir gethan!

(Auf den dritten Donnerschlag tritt Calypso auf.)

Calypso. Ihr Götter! ach wo bin ich dann?

Nymphen. Der Freundschaft Arm gewährt
dir Ruh.

(Dumpfer Donner von weitem)
Es brüllt der Donner, hörest Du?
Er rollt herab vom Götter Sitze.

Calypso. Ich hör den dumpfen Donner
    drohn?

Nymphen. Siehst du die Feuer vollen Bli-
    tze?

Calypso. Ich sehe ihre Flammen schon.

Nymphen. (knieend) Versöhn uns mit dem
        Gott der Götter,
Sonst straft er uns durch Sturm und Wetter,
    Wir fluchten des Ulißes That,
    Der dich so sehr betrogen hat.

Calypso. Gerecht war euer Fluch deswegen,
    Grausam war seine That an mir!
    Das Echo hall Ihm stets entgegen.
    Fluch! ewiger Fluch sey über dir!

(Donnerschlag und Sturm. Von weitem hört
    man den Chor vom Gefolge Telemachs.

    O weh, wir alle sind verlohren!
    O Zevs, hör unser Angstgeschrey!
    Tod hat die Gottheit uns geschworen,
    Wer rettet uns? wer steht uns bey?

(Die Nymphen laufen auf die Marmor-
        treppe.)

Nymphen.

Sieh Fürstinn bey der Blitze Schimmer,
Dort kämpft ein Schiff mit Meeres Wuth.
Jetzt berstet es in tausend Trümmer,
Und Mast und Segel raubt die Fluth.

Calypso.

Mein Herz will Schonung für die Armen,
Was mag denn wohl die Ursach seyn?

Statt Rache fühl ich nun Erbarmen,
Geheime Ahndung nimmt mich ein.

Nymphen.

Sieh dorten Krieger schwimmen,
Es sind wohl hundert an der Zahl;
Sieh wie sie dort ans Ufer klimmen;
Sie fühlen schon des Todes Quaal.

Calypso.

Ich will sie gerettet wissen,
Kommt, und nehmt euch ihrer an:
Denn nie darf die Unschuld büssen,
Was ein Bösewicht gethan.

(Sie gehen alle ab. Der Donner wird wieder stärker. Telemach und Mentor kommen mit einigen Kriegern von Wellen umhergetrieben, unter folgendem Chor auf einen Park ganz in der Ferne an.)

Chor von Kriegern.

O weh, wir alle sind verlohren!
O Zevs! hör unser Angstgeschrey,
Tod hat die Gottheit uns geschworen,
Wer rettet uns? wer steht uns bey?

(Unter diesem Chor springen die Krieger ans Land und halten den Park. Telemach und Mentor springen heraus, dann knieen alle nieder.)

Chor.

Wir danken Euch Ihr guter Götter!
Und flehen eure Allmacht an,
Wir schwören euch der Unschuld Retter.
Stets treu zu seyn der Tugendbahn.

2 Nymphen eiligſt.

Ihr lieben Fremden ſeyd willkommen,
Willkommen hier in unſerm Reich!
Ihr ſollt mit mir zur Fürſtinn kommen,
Mit Speis und Trank erquickt ſie Euch.

Krieger.

Wir folgen mit gerührtem Herzen,
Und ſagen deiner Fürſtinn Dank.

Krieger und Nymphen.

Die Gottheit hilft in Noth und Schmerzen
Und reicht durch Sie uns/Euch Speis und Trank.

S c e n e 2.

(Das Theater verwandelt ſich in ein kurzes
Kabinet.)

**Tillina, Pratſchina, Telemach, Men-
tor,** und die übrigen vom Gefolge tretten
bey der Mittelthür herein.

Tillina. Gedultet Euch hier indeſſen : wir
werden ſogleich Euer Hierſeyn melden.

(Die Nymphen gehen rechts hinein.)

Mentor. (ruft ihnen nach) Meine Schönen,
darf man um den Namen eurer Fürſtinn
bitten?

Die 2 Nymphen. Calypſo. — (ſie gehen
schnell hinein.)

Mentor. Calypſo! Calypſo! (erſchrickt.)

Telemach. Warum, o Freund! ſetzt dieſer Name dich auſſer Faſſung? Du wirſt bleich! Du zitterſt! um aller Götter willen, was iſt dir?

Mentor. Eine nahe Trennung zeigt mir das Bild der Zukunft an.

Telemach. Wer ſollte, und wer könnte uns beyde trennen?

Mentor. Calypſo.

Telemach. Bin ich nicht Uliſſens Sohn?

Mentor. Selbſt dein Vater konnte Calypßens Schlingen nicht entgehen.

Telemach. Uliſſes hatte keinen Mentor, keinen Freund, wie Telemach, der ihm die Hand reichte. (er nimmt ihn ſanft bey der Hand.) Sey unbekümmert, ſo lang ich lebe, ſo lang ich athme, bleib ich der Tugend, und meinem Vaterlande getreu.

Mentor. Umarme mich! Jetzt noch eine kleine Ermahnung an die Zurückgebliebenen. Ihr Freunde! da die Götter Euch mit uns auf eine ſo wunderbare Art aus ſichtbarer Todesgefahr rettete, wo ſo viele unſerer Brüder den Tod in den Wellen fanden; glaubt gewiß, daß Ihr in dieſem Leben noch zu groſſen Unternehmungen beſtimmt ſeyd: aus dieſen Gründen ermahne ich Euch behutſam zu ſeyn — denn nie war eine Bahn gefährlicher als die, ſo wir jetzt betretten — Calypſo herrſcht hier, das ſey uns allen genug.

Scene 3.

Pratschina, Vorige, hernach Kolifonio.

Pratschina. Ihr Fremdlinge, so eben hab ich einen eurer Brüder aus den Meereswellen gerettet, und als ich ihm sagte; daß noch mehrere seiner Brüder sich bey uns befänden, so sang er vor Freuden, und tanzte wie närrisch um mich herum.

Mentor. Ists ein Jüngling oder Greis?

Pratschina. Er ist ein Mann von beßten Jahren: hat eine sehr muntere Laune, ist geschwätzig wie ein Papagey, neugierig wie ein Affe.

Kolifonio. (sieht bey der Thür herein) Und dabey so verliebt, wie eine Nymphe. — Hi hi hi! Willkommen Prinz Telemach! willkommen alter Mentor!

Pratschina. Prinz Telemach? das muß ich sogleich meiner Fürstinn melden.

(will ablaufen)

Mentor. Götter!

Kolifonio. Schöne Nymphe, haben wir die Ehre dich bald wieder bey uns zu sehn?

Pratschina. Bald. (schnell ab.)

Mentor. Unvorsichtiger Schwätzer! warum nanntest du Telemachs Namen?

Kolifonio. Ist es denn eine Schande eines ehrlichen Mannes Namen zu nennen?

Mentor. Jedes unüberlegte Wort ist hier Gefahr. Weißt du, in wessen Macht du nun stehst?

Kolifonio. Jetzt steh ich auf der Erden — und vor einigen Minuten lag ich im Wasser; — und wenn mir das unbekannte Mädchen, die uns so eben verließ, nicht einige Kleidungsstücke zugeworfen hätte, so stünd ich jetzt wie eine Wassermaus vor Euch. — Ha, es lebe das wohlthätige Geschlecht.

Mentor führt Telemach im Hintergrunde der Bühne, und spricht sehr hastig mit ihm.

Kolifonio. Singt folgende

Aria.

Ich halt mich an die Weibchen,
Da führt man immer gut,
Gesicht, und Herz, und Leibchen
Erfrischet Geist, und Blut.
Ein Weib ist leicht zu lenken,
Denn fein ist ihr Gefühl;
Sie wissen nichts von Ränken,
Denn Liebe ist ihr Ziel.

Und wär kein Weib auf Erden
So wär ich auch nicht da.
Nie könnt ich glücklich werden,
Die Lieb erhält uns ja.

Wer für die Schönheit brennet,
Sucht diesen Zeitvertreib!
Und wer die Liebe kennet,
Der wählet sich ein Weib.

Wenn ich die Welt verlasse,
Muß ins Elisium,
So seh auf Charons Strasse
Ich mich nach Weibern um.
Kein Philosoph gilt dorten,
Er weiß nicht mehr als ich.
Ich lache seinen Worten,
Und halt zu Weibern mich.

Mentor. Wohin?

Kolifonio. Zu meiner Nymphe.

Mentor. Ich befehle dir im Namen des Prinzen, nicht einen Schritt von hier zu weichen. — Ihr Krieger, vernehmet Telemachs Gesetz: Jeden von uns, er sey Jüngling oder Greis, treffe das Urtheil des Todes, wenn er sich an Liebe kettet, oder nur einen Schritt von der Tugend weichet.

Kolifonio. Gute Nacht Welt, da leb ich morgen schon nicht mehr.

Scene 4.
Tillina, Vorige.

Tillina. (sieht sich ein wenig herum) Du bist vermuthlich Prinz Telemach?

Telemach. Ich bins.

Tillina. Ich habe Befehl, Dich zu der Fürstinn zu führen.

Telemach. Ich folge.

Mentor. (will folgen.)

Tillina. (zu Mentor) Wohin, guter Greis?

Mentor. Mit dem Prinzen.

Tillina. Vergieb! Calypso verlangte nur den Prinzen allein zu sprechen.

Mentor. Ich bin Telemachs Freund.

Tillina. Auch wenn Du des Prinzen Vater wärst, so müßtest Du hier verbleiben.

Mentor. (sehr bedeutend) Telemach, dein Schwur.

Telemach. Er sey mir heilig. (ab mit Tillinen.)

Kolifonio. Wenn nur die Fürstinn den Gedanken hätte, mich ebenfalls auf eine so kluge Art wegführen zu lassen.

Mentor. (blickt starr auf den Boden, und spricht unvernehmliche Worte.)

Kolifonio. Hi hi hi! wie er brummt — Ja wenn man so alt ist, da mags einem freylich ärgern, wenn einem die Mädchen so bey der Nase vorbey ziehen.

Mentor. Calypso mit Telemach allein? ohne mich? nimmermehr! (ab, die Uebrigen folgen)

Scene 5.

Das Theater verwandelt sich in einen Mu-
schelsaal, hie und da springt Wasser aus
kleinen Fontainen.

Calypso sitzt auf einen Thron von Muscheln
und Corallen. Die Nymphen sitzen auf beyden Seiten. Telemach wird von Tillina
hereingeführt.

Duetto.

Telemach. (fährt entzückend zurück)

Welch eine Schönheit zum Entzücken!

Calypso.

Welch sanftes Feuer in den Blicken!

Beyde.

Dies schöne Auge voller Gluth,
Verkündet Lieb und Edelmuth.

Calypso.

Mein Fremdling, du bist Telemach?

Telemach.

Ja Schönste! ich bin Telemach.

Calypso.

Des muthigen Ulißens Sohn?

Telemach.

Ja ja, ich bin Ulißens Sohn.

Calypso.

Dein Vater war einst auch mein Freund.

Telemach.

Mein theurer Vater war dein Freund?
Sag an, wo werd ich ihn wohl finden?

Calypso.

Den wirſt du nimmermehr ergründen.
Er iſt nicht mehr!

Beyde.

Weh mir! (du ſagteſt mir) zu viel.
(ich ſagte ihm)

Telemach.

Komm Fürſtinn, reiche mir die Hände.

Calypſo.

Ja Freund, ich reiche dir die Hände.

Telemach.

Und führe mich hinaus behende.

Calypſo.

Und führe dich hinaus behende.

Beyde.

Erholung, freye Luft allein,
Wird (meinem) Herzen Labſal ſeyn.
(deinem)

(Calypſo führt den Telemach ab, die Nymphen un-
terſtützen beyde.)

Telemach. Calypſo ach!)
Calypſo. Ach Telemach!) (im Abgehen.)
Telemach. Uliſſes!
Calypſo.
Beyde. Uliſſes! ach! (beyde ab.)

Scene 6.

Kolifonio.

Iſt das nicht Telemach? ja, er iſts!
Sieh! ſieh, ſieh! ſieh! wie die Nymphen ſich
mit Ihm beſchäftigen, wie ſie Ihn ſtreicheln.
Man löſt den Panzer ab, man öfnet ſeinen
Buſen — Hi hi, da iſt Kupido mit im Spiel,
den Auftritt muß man näher betrachten.

(Will ab.)

Scene 7.

Pratſchina, Kolifonio.

Pratſch. Wo hinaus, du Fremdling?

Kolif. Zu Telemach.

Pratſch. Was dort machen?

Kolif. I nun, ich ſeh da von Weiten,
daß es dem Prinzen vielleicht an meiner Hilfe gebricht.

Pratſch. Sey unbeſorgt — der Prinz iſt
in den beßten Händen.

Kolif. Ja ſchon recht, oft ſind die beßten Hände die gefährlichſten.

Pratſch. Du ſprichſt vermuthlich aus ei-
gener Erfahrung.

Kolif. Aus Erfahrung mein Kind. Deine
Hände zum Beyſpiel haben mich vom Tode
gerettet, als die ſtürmenden Wellen mich ver-

schlingen wollten, und dafür bin ich dir Dank
schuldig; aber ich bürge nicht, ob deine Hände mir nicht auch den Tod bereiten würden,
wenn ich länger bey dir stünde.

Pratsch. Den Tod?

Kolif. Ja mein Kind, den Tod.

Pratsch. O ich bitte dich, erzähle mir
den Grund deiner Vermuthung.

Kolif. Erzählen darf ich dir eben so wenig als dich lieben; denn wenn ich dir sagte,
daß vor wenigen Augenblicken der alte Heersfüh-
rer Mentor im Namen des Pinzen uns allen
die Liebe verboth, so würde man sagen: daß
ich ein ehrvergeßner Schwätzer sey — aber
aus meinem Munde soll keine Sylbe kommen.

Pratsch. Das ist sehr vernünftig von dir
gehandelt.

Kolif. Ich könnte dir auch erzählen, daß
eben dieser alte Mentor von deiner Fürstinn
nicht am vortheilhaftesten spricht; aber ich
sag immer, ein Mann muß schweigen können.
Poß Donner, da kommt er selbst.

Scene 8.

Mentor. Vorige.

Kolif. (faßt sich) Wie gesagt, meine liebe
Nymphe, von mir erfährst du nichts — und
von Liebe muß man mit mir schon gar nicht

sprechen: denn meine Natur hat seit einigen Augenblicken eine ganz andere Stimmung bekommen.

Pratsch. Bist du toll?

Kolif. Sey still! da ist er ja, der alte Weiberfischer

Pratsch. Der also? hm!

Mentor. Wo ist Telemach?

Pratsch. Das kann ich dir beantworten. — Zuvor aber möcht ich von dir hören, wie es dir bey uns gefällt?

Mentor. Mein Hierseyn ist zu kurz, um deine Frage zu beantworten. (zu Kolif.) Komm!

Pratsch. (tritt ihm in Weg) Wohin?

Mentor. Zu Telemach.

Pratsch. Telemach ist bey Calypso.

Mentor. Eben darum will ich ihn sprechen.

Pratsch. Hat man dich berufen?

Mentor. Nein!

Pratsch. So ist es auch nicht erlaubt vor unsre Fürstinn zu tretten.

Mentor. (etwas stolz) Ich muß mit Telemach sprechen.

Pratsch. (in Mentors Ton) Ich muß mit Telemach sprechen — über den großen Helden! denkst du, wir Weiber sind eben so gut zu regieren wie deine untergeordnete Helden? nein, lieber alter Greis, wir sind gewöhnt selbst zu herrschen, selbst zu befehlen, euch

nach unſern Willen zu lenken, euch an Ro-
ſenketten zu führen, ſo lang ihr euch uns
gefällig zeigt. — Zum Beyſpiel, der Mann
hier giebt ſich zwar auch die Miene eines Wei-
berfeindes, aber könnteſt du in ſein Herze
blicken, da würdeſt du mit großen Zügen hin-
längliche Liebe zu Weibern leſen:

Kolif. (erſchrickt) Ich?

Pratſch. Ja du!

Kolif. (für ſich) Das Weib ſchnürt mir
den Hals zuſammen.

Pratſch. Und auch du mein lieber Alter,
biſt noch nicht gar von Liebe frey.

Mentor. (ironiſch) Nicht möglich.

Pratſch. Du kannſt mir es auf mein
Wort glauben. Wenn ich auch jetzt in dem
Augenblick nicht nach deinem Geſchmack bin,
ſo ſollſt du mir doch noch, ehe der Mond ſich
an dem blauen Himmel zeigt, ſo verliebt
ſeyn, wie dieſer Mann hier.

Kolif. Aber beym Teufel, ich bin ja nicht
verliebt.

Pratſch. Still Plauderer: ich kenne dich
beſſer.

Aria.

Euch ihr Herrn mit ſtolzen Blicken,
Lacht ein ſchönes Mädchen aus;
Ihr ſeyd leichtlich zu beſtricken,
Kommt nicht aus dem Netz heraus.

Denn wir machen es nur so

So — so — so   (winkt mit dem Finger)

Und das Herz brennt Lichterloh.

Wollen sie nicht treulich scherzen,

O so streicheln wir ihr Kinn,

Dadurch schmelzen Männerherzen,

Weich, wie Butter, vor uns hin.

Denn wir machen es nur so,   (wie oben)

Und ihr Herz brennt Lichterloh.

(Sie geht ab, und zieht Kolifonio mit sich)

Scene 9.

Mentor. Dazu Rabina.

Rabina kommt mit Telemachs Panzer und Schwerdt von der nämlichen Seite, nur um eine Kolisse tiefer. Schwerdt und Panzer liegt auf einem schön gezierten Polster.

Mentor. (tritt in den Weg) Weib! was trägst du hier?

Rabina. Telemachs Waffen.

Mentor. Telemachs Waffen? (besieht es) ja! es ist so! was ist mit Telemach geschehen? Sprich Weib! wie kam alles dieß in deine Hände?

Rabina. Nur gemach, rauher Held, mit so einem ungestümen Ton wirst du wenig oder gar nichts von mir erfahren.

b

Mentor. Vergieb! ich vergaß, daß Calypso hier herrscht.

Rabina. Und unbedingten Gehorsam selbst von Greisen fodert.

Mentor. Ich weiß es, ich weiß es.

Rabina. Selbst Ulißes mußte schweigen, wenn Calypso sprach.

Mentor. (für sich) Ein trauriges Beyspiel. (laut) Diese Waffen also?

Rabina. Werden vor jetzt in unsrer Fürstinn Schlafgemach aufbewahrt, und morgen bey Sonnenaufgang Amors Tempel geweiht.

Mentor. Amors Tempel? weh mir, Telemach ist verlohren.

Scena 10.

(Eine sanfte Musik läßt sich in der Ferne hören. Einige Nymphen tanzen mit Lauten voraus, doch so, daß sie immer einige Schritte voraus, und dann ihr Gesicht wieder gegen den Telemach zeigen. Telemach und Calypso sind in der Mitte. Tillina, Pratschina, Matina, Zolania halten von Rosen, und Blättern kleine Paraplue über sie, den Zug beschließt wieder eine Reihe von tanzenden Nymphen mit Lauten. NB Kolifonio kann von 2 Nymphen mit einem komischen Paraplue von Blättern und

Früchten, oder auch mit einem Baum bedeckt werden. Kolifonio greift immer hinauf, und ißt. Unter einem stillen Pizzicato, worunter das Fortepiano den Gesang führt, spricht Rabina folgendes.)

Rabina. Nicht verlohren! Telemach war gewiß nie so geschätzt, nie so gepriesen, als in eben diesem Augenblick, da Calypso ihm zur Seite ist. (hier fällt die Musik ein) Sieh! hier kommt Telemach, unsre Fürstinn selbst begleitet ihn. — Betrachte den Glanz ihrer Schönheit — Höre den Ton ihrer Silberstimme — dann erst urtheile über Telemachs Schicksal. (sie geht ab, Mentor zieht sich zurück)

Quartetto.

Tillina, Pratschina, Matina, Polania.

Eintracht, Freude und Vergnügen,
Macht das Leben schön und süß,
Wenn sich Herzen treulich schmiegen,
Wird die Welt ein Paradies.
Da, wo Amors Pfeile necken,
Und die holde Liebe lacht,
Weichet Mars mit seinem Schrecken,
Groß ist Amors Zaubermacht.

Mentor. (ruft bey der muſikaliſchen Ferma) Telemach!

Telemach. (ſieht ſich um) Das iſt mein Mentor. (er führt ihn bey der Hand her) Erlaube, ſchönſte Fürſtinn, daß ich in dieſem ehrwürdigen Mann meinen einzigen Freund, meinen zweyten Vater vorſtelle.

Calypſo. Ein Mann, den Telemach empfiehlt, iſt auch mein Freund.

Mentor. Erlaube Fürſtinn, daß ich —

Calypſo. Und ein ſolcher Vater, der ſeinen Zögling mit Weißheit und Erfahrenheit leitet, iſt doppelt ſchätzenswerth.

Telemach. Ach, er iſt ein ſo guter Mann.

Mentor. Prinz, keine Lobſprüche!

Telemach. Nein, wiſſen ſoll ſie es, die gute Fürſtinn! wiſſen die ganze Welt, daß ich es nur dir zu verdanken habe, daß ich noch lebe.

Mentor. Menſchen Rettung iſt jedes Mannes Pflicht.

Calypſo. Und ſelbe zu lohnen die Meinige. — Ihr Schweſtern bindet Kränze von Roſen und Veilchen, und beſchmücket dieſes ehrwürdigen Greiſes Haupt — leget Balſam —

Mentor. Erlaube Fürſtinn, daß ich alle dieſe Geſchenke ablehne, und nur eine einzige Gnade von dir erflehe.

Calypſo. Es ſey dir gewährt, ſprich, und

wenn es auch einen Theil meines Reichs beträfe.

Mentor. Ich wünschte mit Telemach allein zu sprechen.

Calypso. (sehr bedeutend, sieht ihre Schwestern an, auch die Nymphen machen ein Gleiches; dann sagt sie) Ach! der Mann ist mein Freund nicht.

Mentor. Fürstinn! diese einzige Gnade.

Calypso. Ein Mann, den ich mir zum Freund wählte, wird nichts zu meinem Nachtheil sprechen. — Nach Tisch seyd ihr euch allein überlassen. (will Telemach fortführen)

Mentor. Es betrift des Prinzen Wohl, dahero bitte ich, mir ihn jetzt zu überlassen.

Calypso. So eilig? — es sey — Telemach! ich sehe dich bald wieder.

Telemach. Bald.

Kalypso. Pratschina! (diese geht ehrfurchtsvoll hin, sie sagt ihr still etwas ins Ohr) Begreifst du?

Pratschina. Sehr deutlich! (sie geht zu Kolifonio, und reicht ihm die Hand)

Colifonio. Was soll das?

Pratschina. Ich habe Befehl, dich mit mir zu führen.

Colifonio. Ach das ist ja nicht erlaubt! so was greift mir Herz und Seele an.

Calypso. (drückt Telemach die Hand, und sagt) Auf Wiedersehn. Kommt Schwestern!

Hier wird das Quartetto fortgesetzt:
Eintracht, Freude und Vergnügen ꝛc.

Scene 11.

Mentor. Telemach.

Mentor. (wenn alles fort iſt) Telemach — Telemach!

Telemach. Mein Mentor!

Mentor. Bin ich noch dein Mentor?

Telemach Mehr als Je — denn wiſſe, Uliſſes, mein Vater iſt nicht mehr!

Mentor. Wer kann Uliſſens Tod bezeugen?

Telemach. Calypſo ſelbſt.

Mentor. Erdichtungen — Fallen, um dich ſicherer hier zu feſſeln. Dein Vater lebt.

Telemach. Unmöglich! Calypſo ſelbſt —

Mentor. Will dich mir und deinem Vaterlande entreißen — Prinz, nie war die Gefahr deinem Herzen größer, als itzt! ſelbſt Paphos und Cythere ſind Tugendtempel gegen dieſen Aufenthalt.

Telemach. (etwas verlegen) Mein Herz iſt frey — das was ich in mir fühle, iſt eine feyerliche Rückerinnerung, daß auch mein Vater einſt dieſen Boden betrat — und dann die gutmüthige Aufnahme der Calypſo — Ihre Beſorgniß, ihre Theilnahme — und dann

Mentor. Ihre Reize, nicht wahr?

Telemach. Ach Mentor, wenn ich einſt ein Weib mir wählte, ſo —

Mentor. Müßte sie, wie Calypso seyn — nicht wahr?

Telemach. (bejaht es stumm, und legt sich auf Mentors Schulter)

Mentor. Telemach, wo bleibt dein Heldenmuth, das Wohl deines Vaterlandes?

Telemach. Ach Mentor! ich wollte, wir hätten Calypsos Gränzen nie betretten, oder besser, wir schwämmen schon auf weiter See.

Mentor. Das letzte werde ich besorgen, und vielleicht noch heute.

Aria.

Gedenke deiner Ehre,
Verachte Liebestand,
Es ist, glaub meiner Lehre.
Ein Martervolles Band.
Drum fasse dich, und blick als Mann,
Den Reiz der Liebe lächelnd an.

Die Liebe lehret immer
Mit Angst erfüllter Pein,
Der Ehre hoher Schimmer
Soll stets dein Leitstern seyn.
Die Ehre führt auf stolzer Bahn,
Den Helden zu der Gottheit an.

(Beyde ab)

Scene 12.

Das Theater verwandelt sich in das kurze
Kabinet. Ein Sessel mit rothem Sammet
wird herausgehoben.

Die Nymphen kommen von der rechten Seite, sodann Ca'ypso, sie hat ein Schmuck-
kästchen in der Hand.

Ca'ypso. Wer von meinen Nymphen ist
nicht zugegen? (Pause, sie sehen einander an, und
rufen)

Alle. Tillina.

Calypso. O Tillina. (für sich) Sollte sie
bey Telemach — weh ihr! finde ich sie als
Nebenbuhlerinn. Tillina soll augenblicklich erscheinen. Sucht sie. (eine Nymphe geht ab)

Calypso. (zu Pratschina) Wo ist der Mann,
den ich deinen Händen übergab?

Pratschina. Hier im nächsten Zimmer
eingeschlossen.

Calypso. Ich will ihn sprechen — jedoch
mit verbundenen Augen: du wirst in meinem
Namen sprechen, was ich zu wissen verlange
— hier diese Binde decke seine Augen. (gibt
Pratschinen eine Binde. Diese geht ab) Wenn Tillina mich betrügen sollte — Wenn sie Telemachs Herz an sich risse — wenn sie (Paus.)
doch nein! nein! ihr Herz fühlte nie die Liebe, auch würde sie nie undankbar gegen ihre
fürstliche Freundinn handeln! — Schwestern,

rüstet euch mit Bogen und Pfeil; öffnet den
Thiergarten, weder Löwe, noch Tieger sey
heute geschont — bietet alles auf, was zu
Telemachs Vergnügen dient.

Nymphen (gehen links ab.)

Scene 13.

Pratschina führt **Kolifonio** mit zugebun-
denen Augen hinein.

Kolif. Aber sag mir nur um alles in der
Welt, wohin du mich führest?

Pratsch. Nun sind wir schon an dem be-
stimmten Ort.

Kolif. So löse mir die Binde ab.

Pratsch. Noch nicht! hüte dich vor dem
Schimmer der Sonne, wenn du nicht ein
schnelles Opfer des Todes seyn willst.

Kolif. Nun so was hab ich in meinem
Leben nicht erfahren.

Pratsch. Jetzt antwort auf meine Frage!

Calypso. (spricht ihr jede Frage in das Ohr)

Pratsch. Wie ist dein Name?

Kolif. Kolifonio.

Pratsch. (Königinn wie oben u. s. f.) Wo bist
du gebohren?

Kolif. In Kreta.

Pratsch. Wie kamst du in Telemachs
Dienste?

Kolif. Aristodemus der letzt erwählte König in Kreta, gab Telemach ein ansehnliches Gefolge zur Reise; worunter meine Wenigkeit am ersten bestimmt war.

Pratsch. (wie oben) Welches Amt begleitest du?

Kolif. Was?

Pratsch. Was sind deine Geschäfte bey Telemach?

Telemach. Des Prinzen Kleider besorgen — die Überbleibsel von der Tafel verzehren — singen, wenn er traurig ist — und des Nachts vor seinem Schlafgemach wachen, damit keine Nymphe ihn in seiner Ruhe stöhre.

Pratsch. Liebst du den alten Mentor?

Kolif. Den grauen Helden?

Pratsch. Ja.

Kolif. Diese Frage will ich dir beantworten, wenn die Binde vom Auge ist.

Pratsch. Und warum nicht jetzt?

Kolif. Man muß nie im Nebel hinein sprechen, sagte einst ein weiser Mann zu mir, man kann nicht wissen, was dahinter verborgen steckt.

Pratsch. Wem bist du mehr zugethan, Telemach oder Mentor?

Kolif. Ist Mentor zugegen?

Pratsch. Keine Mannsseele.

Kolif. So muß ich dir denn sagen, daß ich weit lieber ein häßliches Weib, als den alten Mentor sehe. — Jeden Schritt und Tritt lauert er sorgsam auf, und sogar Telemach ist nicht von seinen Vorwürfen frey.

Pratsch. Da ist er wohl auch kein Freund von meiner Fürstinn?

Kolif. Von Calypso?

Pratsch. Ja.

Kolif. Ich will nicht schwätzen — aber die hat er mit so schwarzen Farben gemahlen, daß selbst Telemach an dem häßlichen Gemälde zweifelte. — Ja wenn Telemach den alten Graukopf nicht bey sich hätte, da würden wir ganz andere Sprünge machen, denn der Mann bleibt doch immer Mann, wenn so ein schönes Figürchen um ihn herum hüpft.

Pratsch. (wie oben) Wenn du ein getreuer Kundschafter meiner Fürstinn seyn würdest, so steh ich dafür, daß Calypso dich mit unermeßlichen Reichthümern belohnen würde.

Kolif. Ja schon recht, aber wer steht mir vor meinen Häls, wenn ich entdeckt werde; wenn ich schwatzen wollte, so könnte ich dir auch sagen, daß der alte Mentor schon auf unsre Abreise besorgt ist; denn er hat so eben dem übrigen Gefolge Befehl ertheilet, die Schiffe durchzusehen, die Telemachs Vater hier ließ.

Calypso. Götter!

Pratsch. Wenn du Telemach sprichst, so sag ihm, daß seine schnelle Abreise unsrer Fürstinn Tod befördern würde.

Kolif. Das will ich ihm schon sagen — denn aufrichtig zu reden, mir wäre die schnelle Abreise selbst ungelegen.

Pratsch. Gefällt dir unser Land?

Kolif. Das Land interessirt mich eben so stark nicht: aber unser einer hat auch ein Herz, das nicht von Leder ist.

Pratsch. Wenn du getreu gegen meine Fürstinn handelst, so kannst du, dafür stehe ich dir, die schönste aus meinen Schwestern dir wählen.

Kolif. Meine Wahl ist schon bestättiget — und diese zwar ist auf dich gefallen — freylich die Fürstinn —

Pratsch. Nun?

Kolif. Die wär mir noch lieber, als du — aber weil ich kein Prinz bin, so ergieb ich mich dir.

Calypso. (deutet, daß sie gehen, und ihm sodann die Binde abnehmen möchte. Sie geht schnell aber sehr leise rechts ab.)

Pratsch. Also! du bist mit aufrichtigen Herzen mir zugethan.

Kolif. Mit Leib und Seel.

Pratsch. Nun bist du wieder frey.
(löst ihm die Binde ab.)

Kolif. (sieht sich herum) Was, wir beyde sind allein?

Pratsch. Wie du siehst.

Kolif. Aber warum hast du mir die Augen verbunden?

Pratsch. Um deine Geduld zu prüfen.

Kolif. Bin schon hübsch lang auf der Welt, aber so ein Casus ist mir noch nicht vorgekommen — sag du mir, wie ist denn dein Name?

Pratsch. Pratschina.

Kolif. Wie, Pratschina?

Pratsch. Pratschina.

Kolif. Hi hi hi! Pratschina — warum denn nicht gar Violon — Pratschina, Pratschina — du bist schon eine recht pfiffige Pratschina, weil du mir die Augen verbandst, noch eh ich dir die Hand gereicht.

D u e t t o.

Pratschina.

Wer mich zum Weibe haben will,
　　Versteh sich auf Geduld.

Kolifonio.

Ja, ja, mein Kind ich halte still,
　　Du prüfst mich in Geduld.

Beyde.

Drum wer zum Ehestand schreiten will,
　　Nehm die Geduld in Acht.
Es kommen oft der Plagen viel,
　　An die man nicht gedacht.

Pratschina.

Bald glitscht der Mann, bald glitscht das
　　　　Weib,
　　Oft fallen beyde hin,

Kolifonio.

Drum nehme die Geduld beym Leib,
    Es wechselt immerhin.

Beyde.

Kurz, was nur stöhret unsre Ruh,
    Das ist uns unbekannt.
Wir halten beyde Augen zu,
    Und reichen uns die Hand.

Kolifonio.

Küß ich ein schönes Mädchen dann,

Pratschina.

So mach ich es gleich so.
            (hält die Finger vor die Augen)
Und küß ich einen schönen Mann,

Kolifonio.

So mach ich es auch so.
        (hält ebenfalls die Finger vor die Augen)

Beyde.

Es bleibt so, so, so, so, so, so.
    Und immer sind wir froh.

S c e n e 14.

Telemach und Mentor kommen von verschiedenen Seiten. Hernach Polania.

Mentor. Nun Telemach, hast du meine Gründe erwogen?

Telemach. Erwogen, und sie bewährt gefunden! nie soll entehrende Liebe mich beherrschen, das schwör ich bei der geheiligten Asche meines Stammvaters.

Mentor. So bift du, wie ich dich wollte, und fo will es auch dein Vaterland.

(Man bläßt zur Tafel.)

Polania. Mein Prinz! fo eben bläßt man zur Tafel — hier kommt unfre Fürftinn felbft.

Scene 15.

Vorige. Calypfo mit 2 Nymphen.

Calypfo. Ift euer Gefchäft geendigt, ihr Freunde? fo folget mir zur Tafel.

Mentor und) etwas kalt und tief verbeu-
Telemach.) gend) Wir find bereit!

Calypfo. Warum fo kalt, mein Telemach? du bift nicht mehr fo, wie ich dich verließ.

Telemach. Wir fprachen fo eben von Vater und Vaterland.

Calypfo. Es ift Weisheit und Güte des Herzens, wenn auch abwefend von Unterthanen fich der Prinz mit feinem Vaterlande befchäftiget: aber ausruhen von fchweren Kampf erlittener Gefahren, Selbfterhaltung, ift eben fo nöthig, als Vater und Vaterland — daher bitte ich, daß Uliffens Sohn meine Gaftfreiheit mit eben der Wonne genießen möge, als fäß er im Mittelpunkte feines eigenen Reiches. (hier wird wieder zur Tafel geblafen) Man erinnert uns zur Tafel: hier Prinz! diefe Schleife fey das Band unfrer ewigen Freundfchaft; auch dir grauer Held sey dies kleine Geschenk ein Merkmal meiner Freundschaft und Hochschätzung gegen dich. (gibt jedem eine Schleife) So, nun folgt mir zur Tafel, und dann zur Jagd. (sie nimmt Telemach bey der Hand, dieser sieht den Mentor an, welcher ganz verdrießlich nachbrummt)

Mentor. Zur Jagd: zur Jagd!

Scene 16.

Pratschina führt **Kolifonio** bey der Hand herein, wo sie abgiengen.

Kolif. Wo führst du mich denn so eilig hin?

Pratsch. Zur Tafel! komm nur hurtig.

Kolif. Zur Tafel! potz Torten, Pasteten und Schnepfen! da bin ich dabey.

(Sie laufen schnell zur Mittelthüre ab.)

Scene 17.

Die Musik fängt still an. Von innen wird gesungen:

Hoch soll die Fürstinn leben,
Der junge Held soll leben!
Calypso lebe! lebe!
Es lebe Telemach!
Das Echo schall es nach.

Scene 18.

(Das Theater verwandelt sich in einen rei-
zenden Saal: eine prächtige nach grie-
chischer Art gezierte Tafel mit Pokalen,
nebst Seitentischen, wo die Weine stehen, und auf silbernen Gluthpfannen
Spiritus brennet. Unter einem Throne
mit Rosen geziert sitzt Calypso und Telemach. Mentor zur Linken. Die sin-
genden Nymphen speisen ebenfalls an
der Tafel. Hinten steht zur Bedienung
Telemachs Gefolge. Sobald der Vorhang aufgezogen wird, so wird der erste Chor wiederholt, alsdann kommen
tanzende Nymphen mit Guirlanden,
und machen unter einer kleinen Ballet-
musik verschiedene Gruppen. Nach diesen erscheinen drey Pagen; sie tragen
auf Polstern Kränze von Rosen, und
knien vor die Tafel: die erste Tänzerinn
nimmt die Kränze, und krönet Telemach
und Calypso: den dritten Kranz sezt
sie dem Mentor auf; wie dieser auf Mentors Haupt ist, nimmt er ihn unwillig
ab, legt ihn auf die Tafel, und singt:

Mentor.

Die Rosen sind nicht für Soldaten,

Dies ist nur Kinderspiel und Tand;

Die Manneskraft ringt nach großen Thaten,

Und achtet nicht der Wollust Band.

Telemach zu Calypso.

Mein Mentor ist voll Zorn und Wuth.

Calypso.

Er spottet kühn der Liebe Gluth.

Telemach.

Drum müssen wir behutsam seyn.

Calypso.

Ach Telemach! du bleibst doch mein.

Telemach.

Ich kann und darf es dir nicht sagen,

Was mir an meinem Herzen nagt.

Calypso.

Dein Schweigen scheint mir schon zu sagen,

Daß deine Liebe wankt und zagt.

Mentor.

Seht, wie sie lispeln, wie sie kosen,

Betäubt vom süßen Duft der Rosen.

Telemach. Mentor. Calypso.

Bald muß ich)

Bald muß er ⎬ von Calypso gehn.

Wird er je)

              (mid)

So ists gewiß um ⎥ ihn ⎥ geschehn.

              (mich)

Calypso.

Willſt du als Freund ſtets mit mir leben,
So laß zum ewig theuren Band,
Dir einen Kuß voll Liebe geben,
Er ſey der Treue Unterpfand.

Mentor. (ſieht es, und ſpringt auf)

Nein, bey allen Göttern, nein!
Solche Frechheit darf nicht ſeyn.
Wär doch Telemach mit mir,
Tauſend Meilen weit von hier.

Calypſo (ſieht Telemach zärtlich an.)

Telemach! mein Telemach!

Mentor.

Seine Tugend iſt dahin,
Umgeſtürzt durch Weiberſinn.

Telemach (ſpringt auf.)

Fort aus dieſen Weiberketten,
Ich muß fliehen, muß mich retten,
Sonſten folgt die Reue nach.

Alle ſpringen von der Tafel auf, und alle,
Männer und Weiber, ſingen folgenden
Canon:

Wer nicht weiß, was Liebe heiße,
Sehe dieſe Fürſtinn an!
Ihre Seufzer ſind Beweiſe,
Was der Liebezauber kann.

Mentor.

Kannſt du nun den Abgrund ſehen,
Den die Liebe grub um dich?

Telemach.

Ach, es ist um mich geschehen!
Mentor, Mentor rette mich.

Calypso und alle Weiber.

Seht den alten Mann entbrennen;
Man muß beyde eilig trennen,
Sonst beschwäzt er ihn zur Flucht.

Mentor.

Komm mein Prinz, und folge mir.

Telemach.

Mentor! ja ich folge dir.

Mentor und Telemach.

Fürstinn! Dank für alle Freuden,
Unsre Pflicht erheischt zu scheiden.

Calypso.

Seltsam ist der Einfall mir,
Nein! ihr dürft noch nicht von hier.

Mentor.

Unsre Reis' ist hoher Würde,
Denn uns ruft das Vaterland.

Alle Nymphen.

Mentor sey des Landes Zierde,
Doch der Prinz ziert unser Land.

Alle Männer.

Das war listig, das war fein,
Seht, sie möchten ihn allein.

(Calypso hat indessen heimlich gesprochen:
eine Nymphe läuft fort, kommt aber
gleich wieder. Wie sie eintritt, erschal-
len Jagdhörner.

Calypso.

Horchet auf, das Jagdhorn schallet,
Jagen heitert unsre Brust;
Höre, wie das Echo schallet,
Komm, o Prinz! zur neuen Lust.

Alle Männer.

Weil wir so viel Ehr genießen,
Wärs nicht schön zu widerstehn.

Alle Weiber.

Was die Weiber nur beschließen,
Muß gemeiniglich geschehn.

(Alle singen dieses nach, und gehen ab.)

Scene 19.

Kolifonio springt mit Pratschina hervor,
beyde mit Spieß und Bogen versehen, erste-
rer hat zwey große Säcke über beyde
Schultern.

Beyde.

Mein Schäßgen! jetzt gehen wir beyde,

Aufs Jagen; und schließen uns was,

Und wenn uns das Jagen nicht freute,

So setzen wir uns in das Gras.

Da wollen wir schäckern und Lachen,

Und singen von lustigen Sachen;

Wir herzen und küssen uns satt,

Das Jagen macht durstig und matt.

(Von diesem Duett singet jedes wechselweis

eine Zeile, die letzten beiden singen sie
zusammen, dann gehen sie ab.)

Scene 20.

Das Theater verwandelt sich in einen kurzen Wald.

Tillina tritt langsam und traurig auf.

Goldne Ruhe kehre wieder,
In dies hoffnungslose Herz,
Liebe schleicht durch alle Glieder,
Wie der Krankheit bittrer Schmerz.

Gute Blümchen, ihr wart immer
Statt der Liebe mir zum Spiel;
Eurer Reize sanfter Schimmer,
War genug für mein Gefühl!
Welkt wie ich, in meinem Schoos,
Denn ich liebe hoffnungslos.

(geht auf die andre Seite)

Scene 7.

Kolifonio und Pratschina.

Pratschina.

Warum bist du denn so eilig?
Warte, ich erlauf dich kaum.

Kolifonio.

Jch muß laufen, sonst verweil ich,
Sonst knüpft man mich hier an Baum.
Mentor, dieser Eisenfresser,
Schilt und lauert dort allein.
Bleib du hier, ich gehe besser
Dorten in den Wald hinein.

Scene 22.

Pratschina Dazu Mentor.
Mentor.

Wer lief dort in die Weite?
Sag mir, wer war der Mann?

Pratschina.

Du irrest, graues Männchen,
Jch sahe keinen Mann,
Wohl aber einen Luchsen,
Der lief vor einem Fuchsen
Blitz schnell in Wald hinein.
Wärst du noch jung an Jahre,
Nicht matt von grauen Haaren,
So wär er jetzt schon dein.
Drum glaube mir auf Ehre,
Als wenns geschrieben wäre:
Die Götter sorgen fein
Für jedes Würmchen klein.   (ab.)

Jagdhörner von Weiten, es wird gesungen:

Hau hau! hau hau! hau hau!

Mentor.

Er jagd durch Wald und Au
In schnöder Wollustketten,
Ihr Götter! könnt ihn retten,
Sein Herz ist noch nicht rauh.　　　　(ab.)

Scene 23.

Das Theater verwandelt sich; drey Flügel
vom Theater stellen einen Garten vor;
diesen Garten schließt ein Gegitter ein;
durch das Gegitter sieht man einen ver=
setzten Wald. Thiere von allen Gattun=
gen werden in die Koulissen gejagt. Die
Nymphen stürzen ihnen mit Spießen
nach; auch Telemach verfolgt einige
Thiere. Man hört Waldhörner

Hau hau, hau hau, hau hau!
Wie schön ists in der Au!
Die Jagd erweitert unsre Brust,
Erwecket uns zur hohen Lust,
Hau hau, hau hau, hau hau!
Wie schön ists in der Au.

(die Jagd verliert sich in die Ferne.)

Scene 24.

Rolifonio allein.

Der Teufel hol das Jagen,
Man wird davon nicht satt;
Ich loß es, wenn der Magen
Was zu verdauen hat.
Die honigsüsse Torte
Verzehr ich jezt allein!
Und Obst von beßter Sorte,
Dann trink ich guten Wein.

(Unter dieser Arie hört man bisweilen hau
hau von den Jägern)

Folgt Jäger eurem Triebe,
Ihr könnt nicht zärtlich seyn.
Ich halt mich an die Liebe,
Und an den beßten Wein,
Ich stelle meine Falle,
Und fang die Mädchen ein.
Hoch lebt ihr Mädchen alle,
Hoch leb der gute Wein!

(Trinkt, dann kommen zwey Bären)

Ha! herrlich ist die Torte,   (ißt)
Voll Süßigkeit und Saft,
Gewürz von aller Sorte,
Gibt meinem Magen Kraft.

(Er sieht den einen Bären, der neben ihm
sizt, und einen Apfel frißt, er macht

verwundernde Pantomime auf die an=
dere Seite, wo der zweyte Bär sitzt, und
ebenfalls frißt)

Auweh wie bestialisch,	(Die zwey Bären
Seht doch die Räuber an.	brummen in an=
Die Herrn sind musikalisch	passenden Ton
Da bin ich übel dran.	des Orchesters)

Das höllische Concert,
Hab ich ja nicht begehrt.
Ihr Virtuosen singet,
Ich werde mich skizziren,
Und will, wenn dies gelinget,
Von Weitem applaudiren.

Scene 25.

(Die Waldhörner deuten an, daß die Jagd
näher kommt. Ein Hirsch läuft unter
dem Gegitter über das Theater. Der ei=
ne Bär schleicht dem Hirschen nach. Der
zweite bleibt auf der Bühne. Telemach
folgt ganz erhizt dem Hirschen, er wirft
seinen Jagdspieß nach ihm, und sogleich
kommt der zweyte Bär, geht auf Tele=
mach, so, daß er keine Zeit mehr hat zu
entfliehen; sie ringen miteinander.

Telemach. Allmächtige Götter! stärket,
rettet mich!

Tillina. Kommt, erlegt mit dem Jagdspieß den
Bärn, daß er todt zur Erde stürzt.

Telemach.

Du Engel! Göttinn! ach wie nenn ich dich!
Du haft vom Tode mich befreyt,
Ganz fey mein Leben dir geweiht.
Ach wären taufend Kronen mein,
Sie wären wahrlich alle dein.

Tillina (die immer voll Verwunderung da ftand.)
Ich bitte dich, mein Prinz! verzeih,
Der Fall — dies Glück — ift mir fo neu!
Erlaube, daß ich wieder gehe
Damit Calypfo mich nicht fehe.   (will ab)

Telemach.

Calypfo foll und muß es wiffen,
Daß mir Tillina wohl gefällt,
O könnt ich dich am Bufen fchließen!
Was wär mir eine ganze Welt.

Scene 26.

Unter **Telemachs** letzten Worten ift **Calypfo**
eingetreten. Ihr Staunen geht in Wuth
über.

Calypfo.

Tillina hier? mit Telemach?
Ihr Götter rächet diefe Schmach!
(geht voll Wuth ab.)

Telemach.

Tillina fprich! was kann ich hoffen?
Mein Herz ift ganz der Liebe offen.

Scene 27.

Dazu Calypso, Mentor, Telemachs
Gefolge. Nymphen.

Tillina. Weg, Calypso —   (zitternd)
Telemach.   ich verstehe;
     Hier ist die Hand zum Unterpfand,
     Wenn ich der Liebe Lächeln sehe
     So bindet uns ein ewig Band.
          Tillina. (nach einer Pause)
               Ein ewig — ewig Band.
Beyde. Für mich erschuf dich die Natur,
     Ihr Götter! hört der Liebe Schwur.
     Calypso, Mentor. (tretten dazwischen)
          Ha Verwegne!
Tillina.   Wehe mir!
          Telemach.
     Zage nicht — ich bin bey dir!
     Mit dem Thier in Todtesstreite,
     War der Engel mir zur Seite,
     Sie ist tapfer, sie ist schön!
          Calypso. Mentor.
     Welche Kühnheit, welch Vergehn!
          Telemach.
     Ihre Blicke —
          Calypso. Mentor.
               — wie bethört!
          Telemach.
     Ihre Unschuld —
          Calypso. Mentor.
               unerhört!.

Rache Zevs! straft ihn ihr Götter!
Dieses Weib hat ihn betrübt.

Telemach.

Laßt sie mir — sie war mein Retter!
Seht dies Aug, das Liebe blickt.

Calypso. (zieht den Dolch auf Tillina.)

Aus den Augen mir sogleich!

Telemach.

Lasset ab, ich bitte euch!

Calypso.

Sieh, der Dolch schwebt über dir!

Tillina, und Telemach.

Sterben ist willkommen mir!

Trauter {
Traute { bin ich nun bey dir.

Calypso.

Ha, so stirb!   (zuckt den Dolch auf Tillina)

Mentor. (fällt ihr in den Arm, und entwindet ihn)

Nein! halt ein.

Alle Männer und Weiber.

Mordsucht glüht aus ihrem Blicke,
Die Verzweiflung nimmt sie ein:
Troße kühn dem Mißgeschicke,
Göttlich ist es zu verzeihn.

Telemach und Tillina.

Fürstinn höre!

Calypso.

Fluch auf euch!

Telemach und Tillina.

Ach gewähre!

Calypso.

Fluch auf euch!
Alle Männer und Weiber.
Mordsucht glüht aus ihrem Blicke,
Die Verzweiflung nimmt sie ein:
Trotze kühn dem Mißgeschicke,
Göttlich ist es zu verzeihn.

Calypso (singt darunter.)

Rache fodern solche Tücke,
Schrecklich Elend sollt ihr seyn,
Tod zertrümmre euer Glücke,
Fluch soll euer Erbtheil seyn.

Ende des ersten Aktes.

Actus II.

Scene 1.

Das Theater ist eine Aussicht ins Meer; viele segelfertigen Schiffe stehen im Kanal; ein großes Schiff wird so eben von Telemachs Volk zugerichtet. Mentor sizt beym dritten Flügel des Theaters auf einem abgehauenen Stock unter einem Baume mit großen Aesten; er spricht immer mit sich selbst, steht auf, geht bald hin bald her, schlägt die Hände zusammen, bleibt stumm, die Augen starr in den Boden geheftet stehen. Dann sezt er sich wieder, und bleibt in nachdenkender Stellung, bis sodann nach dem Chor Telemach aus seiner Betäubung ihn wecket.

Chor von Männern.

(Dieser Chor wird mit blasenden Instrumenten, Trompeten und Pauken begleitet: vorhero kündet eine kurze pathetische Sinfonie Arcesiens Schatten an:

Bald schwimmt das Schiff vollendet,

Auf hoher Fluthen Bahn,

Drum lieben Brüder wendet

All euren Fleiß daran. La la la ꝛc.

Bald schaukeln wir voll Wonne,

Von hohen Meeresstrand,

Und sehn im Glanz der Sonne,

Das holde Vaterland.   La la la ꝛc.

Drum singet Freudenlieder,

Sanft streicht der Südost her,

Es lebt sich gut, ihr Brüder!

Auf Spiegelglatten Meer.   La la la ꝛc.

(Unter dem la la la, wird immer auf den
Tact geschlagen, nach dem Chor setzen
sie sich in einem Kreiße auf dem Schiff,
essen und trinken.

Scene 2.

Telemach. Vorige.

Telemach. Mentor! Mentor!

Mentor. (wie aus einem Schlummer) ha! —
mein Prinz!

Telemach. Vergieb, wenn ich dich vielleicht in deiner Ruhe stöhre.

Mentor. Mentor kennt keine Ruhe, wenn
Telemach sie nicht fühlt.

Telemach. Ach Mentor! Mentor! was ist
aus mir geworden? (legt sich auf Mentors Schultern)

Mentor. Ein Ball der Weiber.

Telemach. (drohend) Mentor!

Mentor. Ein Unding seines Vaterlandes.

Telemach. (drohend) Mentor!

Mentor. Der Spott seiner Krieger.

Telemach. Mentor — du vergißt, daß du mein Unterthan bist.

Mentor. Unterthan! es ist das erstemal, daß du mich daran erinnerst: aber nun will ich auch als wahrer Unterthan meine Pflicht erfüllen — Telemach! dein in den Staub geworfener Freund empfiehlt sich. (will auf das Schiff)

Telemach. Wo ziehst du hin?

Mentor. Durch die ganze Welt, in die Hölle, wenn ichs bedarf, um deinen Vater zu suchen.

Telemach. Nur noch einen Tag verweile.

Mentor. Ich reise noch, ehe die Sonne sich ins tiefe Meer versenkt.

Aria.

Wenn mein Rath Gehör noch findet,
So erwäge, Theurer Sohn!
Was dich für ein Eidschwur bindet:
Wer du bist? Ulißens Sohn!
Um an Wollust dich zu weiden,
Stößt du Ruhm und Ehr von Dich.
Um zu küssen willst du meiden,
Vater, Vaterland, und mich,
Liebe brachte stets dem Thoren
Jammer, der um sie sich müht;
Und der ist noch nicht gebohren,
Der durch sie sich glücklich sieht.

Denke noch, es ist nicht lange,
Daß durch Amors Gaukelspiel,
Troja nach dem Untergange,
Durch des Feindes Feuer fiel-
Fliehe, komm zu dir zurücke.
Fasse dich, und sey ein Mann!
Dein sey Mars! Und Amors Tücke
Blick mit stolzen Lächeln an.

(Nach der Aria geht er auf das Schiff)

Scene 3.

Kolifonio kommt geschlichen. Zuletzt Mentor und Krieger.

Kolif. (winkt Telemach) Bst! bst! bst!

Telemach. Komm näher;

Kolif. Ja schon recht! sind wir denn auch sicher.

Telemach. Wir sinds.

Kolif. Man hat mich als Merkur mit Liebschaften an dich abgesandt.

Telemach. Ist es nicht Tißina?

Kolif. Tißina.

Telemach. O sag, wo sahst du das holde Mädchen?

Kolif. Selbst sah ich sie nicht, aber meine Pratschina hat mir das alles sehr deutlich eingedruckt.

Telemach. Protschina! das ist vermuthlich deine Geliebte?

Kolif. Erlaube, daß ich auf diese Frage schweigen darf.

Telemach. Warum willst du mir meine Frage nicht beantworten? sieh, ich gestehe dir frey, daß ich liebe.

Kolif. Ja, wenn ich Prinz wäre, würde ich es auch — aber der verdammte Strick —

Telemach. Also, was würdest du, wenn du Prinz wärst?

Kolif. Ich liebte alles, was mir in die Hände käme, vor allem aber schafte ich mir den alten Mentor vom Halse, denn so lang der um uns herum streicht, da ist unser Leben kein Leben.

Telemach. Das war es nicht, was ich von dir zu wissen verlangte — Mentor war mein Lehrer, und also künftig kein Wort mehr von diesem Manne.

Kolif. (schlägt sich auf das Maul) Du verdammtes Maul.

Telemach. Also, was würdest du an meiner Stelle —

Kolif. Das kann ich jetzt als gemeiner Mann nicht sagen, auch weiß ich nicht, wie einem zu Muthe ist, wenn man Prinz ist. Laß mich lieber meine Bothschaft endigen. Fürs erste also: (giebt Telemach einen Brief)

Telemach. Von wem ist der Brief? doch nicht von Calypso?

Kolif. Nein, von der unschuldigsten aller

Schönen, von Tillinen, die jetzt ihrer Freeheit beraubt ist.

Telemach. Wie, Tillina in Ketten?

Kolif. Das nicht; es ist nur so ein kleiner Hausarrest.

Telemach. (liest begierig) O! aus diesem Brrief spricht Unschuld und Liebe des Herzens weißt du auch schon, daß eben dieses holde Mädchen mich heute vom Todte rettete?

Kolif. Weiß alles: an die verdammte Jagd will ich so lang ich lebe denken — zwey Bären über einen, nein das ist zu viel.

Telemach. O so einen Engel nicht zu lieben, wäre Verbrechen des Herzens.

(küßt den Brief)

Kolif. Aber Prinz, die Fürstinn, die Fürstinn —

Telemach. Verehre ich mit Hochachtung und Freundschaft. — aber zur Liebe ist kein Raum mehr in meinem Herzen, als für Tillinen.

Kolif. Da wünscht ich dir in diesem Falle ein Herz wie das meinige, denn das hat für jede Schöne Raum genug.

Telemach. Freund, wahre Liebe ist untheilbar, kann nie trügen.

Kolif. Ja, wenn es so mit deinem Herzen steht, so ersparst du mir auf einmahl alle übrigen Bothschaften.

Telemach. Welche Bothschaften?

Kolif. Je nun, man hat mir da einem ganzen Schock aufgebunden, um sie dir zu geben. Da sieh einmal her, 1, 2, 3, 4, 5, 6, 7, 8, 9, 10, 11, 12.

Telemach. Wer gab sie dir?

Kolif. Die Nymphen: jede sah mich und bath mich, dir einen Brief zu bringen.

Telemach. Aber was wollen die Weiber alle?

Kolif. Ha ha ha! eine lustige Frage; jede dünkt sich die Schönste zu seyn, also glaubt sie auch dein Herz zu fangen.

Telemach. Die Briefe zu lesen, ist mir die Zeit zu kostbar; doch will ich es mit keiner verderben, und sie bey mir behalten.

Kolif. Und wenn mich so eine Nymphe nach der andern fragt?

Telemach. So sagst du, daß ich ihr mit warmer Freundschaft zugethan sey.

Kolif. Mit warmer Freundschaft! hi hi hi! das ist schon eine halbe Liebe! — und was hab ich Tillinen zu melden?

Mentor. (tritt vor) Daß du der erste seyst, dem der Strick zu Theil wird. Ergreift ihn, und hängt ihn an den höchsten Maßbaum auf.

Krieger. (ergreifen Kolifonto)

Kolif. Barmherzige Götter! Telemach, Hilfe!

Alle Krieger. Fort mit dir!

Telemach. Laßt ab.

Mentor. Fort mit ihm.

Telemach. Laßt ab, sag ich.

Mentor. Prinz! dein unwiederrufliches Gesetz?

Telemach. Sey von dieser Stunde an gelöset.

Mentor. Gelöset?

Telemach. Gelöset. \

Kolif. Gelöset.

Mentor. Nun so handle wer da will, und nie komme dieses Schwerd mehr an meine Lenden. (er wirft das Schwerd von sich)

Telemach. Mentor! ist Liebe denn ein Verbrechen, oder besser, hast du nicht auch geliebt?

Mentor. Nie zur Unzeit.

Telemach. Seyd nicht ungerecht, ihr abgelebten Greisen, und laßt dem Menschen den unschuldigen Hang zur Liebe, die von den Göttern mit einem unauslöschbaren Griffel ins Herz geschrieben ist. (gürtet ihm das Schwerd um) Sey wieder mein Freund, und denke, daß man auch lieben kann, ohne strafbar zu seyn.

Mentor. Und so spricht Telemach, den ich zum Helden bildete?

Telemach. Hat ein Held nicht auch ein Herz?

Kolif. Der Prinz hat einen göttlichen Verstand. (schleicht ab)

Telemach.

Aria.

Der Mensch entbehret alle Freuden,
Wenn er die Liebe nur erhält.
Die Liebe giebt uns Muth im Leiden,
Die Liebe gab uns ja der Welt.
Vom Bettler bis zum Fürstenthron,
Versüßt die Lieb der Menschheit Schmerz,
Wer Amors Banden trotzt mit Hohn,
Der hat gewiß ein böses Herz.   (ab)

Scene 4.

Mentor, und die Krieger allein.

Mentor. Ihr Krieger, sagt, war das Telemach, der so sprach? Ihr schweigt, und seht
betrübt zur Erde! — auf! und wecket durch
euern Kriegsgesang ihn aus seinem betäubtem
Schlummer — laßt die Trommel schlagen,
eure Schwerdter so lang klirren, bis Telemach
uns wieder gegeben ist.

Chor von Kriegern.

Wach aus dem Schlaf der Schande,
Wach auf, Ulißens Sohn,
Entreiß dich Amors Bande,
Die Trommel schmettert schon.

Sie ruft dir Vaterkummer,

Und Vaterland ins Ohr:

Schwing dich aus deinem Schlummer

Zum Heldengang empor.

Wach auf! wach auf!

Ulißens Sohn!

(Zu diesem Chor wird die Trommel geschlagen. Nach dem Chor gehen alle ab, wohin Telemach abgieng.

Scene 5.

(Das Theater verwandelt sich in einen kurzen Vorhof mit einem prakticabeln Seitengebäude, welches ein Fenster hat: dieses Fenster muß sodann geöfnet werden. Der Decorateur hat sich hiebey zu merken, daß das Gebäude ohne Thür ist, auch darf das Fenster nicht höher, als Mannshoch angebracht werden)

Telemach. (stürzt heraus) Ha! das Geschrey meiner Krieger schallt fürchterlich in meinen Ohren.

Die Krieger (rufen von Weiten) Telemach! Telemach!

Telemach. Sie sinds! wohin verberg ich mich? was unternehm ich?

(steht starr vor Betäubung)

Scene 6.

Kolifonio. (kommt gelaufen)

Kolif. (ohne den Telemach zu sehen) Ha! weil ich nur da bin.

Krieger. (von innen) Telemach! Telemach!

Kolif. Ja ruft nur! die verdammten Krieger machen einem noch weit ängstlicher, als die Bären auf der Jagd. Du bist hier Prinz! O nun ist mir nicht mehr bange, unter deinem Schutz, bieth ich der ganzen Welt troß.

Telemach. Stille! — hörst du nicht den Ruf meiner Krieger! — das Geklirr ihrer Waffen — das Wehklagen meines Mentors — das Wirbeln ihrer Trommel!

Kolif. I! freylich hör ich das alles — aber was kümmert uns das?

Telemach. Viel — sehr viel.

Kolif. Bist du nicht Prinz, Herr über uns alle: beim Geyer! wenn ich Telemach wäre, ich würde mit Mentor auf eine ganz andere Art sprechen. Brummt er nicht, als wolt er der ganzen Welt geblethen.

Telemach. Er war mein Lehrer, und nun kein Wort mehr — Sag an, wo befinden wir uns hier?

Kolif. Wo? ich erkenne mich eben so wenig als du.

Tillina. (macht das Fenster auf, und ruft) Telemach!

Telemach. Was solls?

Kolif. Tillina ist da.

Telemach. Tillina? wo?

Kolif. (singt) Da, da, da, da, da, da, da, da!

Telemach. Tillina bist du es?

Tillina. Ich bins! aber seyd behutsam und stille — denn Calypso lauert auf jeden meiner Tritte.

Telemach. Man hat dich deiner Frey-heit beraubt.

Tillina. So ists. (sie geht vom Fenster weg)

Telemach. Freund, was mach ich nun?

Kolif. Hinaufklettern zum Fenster — Schloß und Thür erbrechen, Tillinen beym Arm nehmen, und fort mit ihr aufs Schiff.

Telemach. Aber wie erreich ich das Fen-ster?

Kolif. Bin ich denn nicht bey dir — komm, mein Rücken sey die Treppe, die zu Til-linens Fenster führt. (er stellt sich hin)

Telemach. Du bist doch ein Herzensgu-ter Mann. (steigt)

Kolif. Ja, wo Cupido im Spiel ist, da bin ich zu Hause.

Scene 7.

Sobald **Telemach** hinauf steigt, kommen die **Krieger** ganz stille auf das letzte Wort von Telemach, und ergreifen **Kolifonio.**

Ein Krieger schlägt Kolifonio auf den Rü=
cken, sogleich fällt der Chor ein.

Chor.

Kolifonio.

Was ist denn das?

Krieger.

Komm nur mit uns.

Kolifonio.

Geschieht mir was?

Krieger.

Komm nur mit uns.

Kolifonio.

Hört Götter! dort

Krieger.

Nur fort! nur fort!

Kolifonio.

Ach helfet mir!

Krieger.

Sey still! sey still!
Sonst stirbst du hier.

Kolifonio.

Ach Telemach!

Krieger.

Jetzt schweige still.

Kolifonio.

Ach! helfet mir.

Krieger.

Sey still! sey still!

Kolifonio.

Ach Telemach! ach Telemach!

Krieger.

Gemach, gemach! gemach, gemach.

(Alle Nymphen, ohne Pratsching, kommen
mit Pfeil und Bogen auf den Rücken.)

Nymphen.

Was giebt es hier?
Wer schreyt so sehr?

Kolifonio.

Ach helfet mir,
Sonst nützt's nichts mehr.

Nymphen.

So haltet ein,
Wir bitten euch.

Krieger.

Das kann nicht seyn, itzt stirbt er gleich.

Kolifonio.

Das ist ja zum Erbarmen!
Helft, habt Barmherzigkeit.

Nymphen.

(zielen mit Bogen und Pfeilen auf die Männer)
So lasset Ruh dem Armen! —

Krieger.

Ja, ja, seyd nur gescheid.

Nymphen.

Packet euch, wir bitten euch.

Krieger.

Ja doch, ja wir gehen gleich.

Nymphen.

Nun ihr Herren, lebet wohl.

Krieger.

Schöne Damen, lebet wohl.

Alle.

Lebet wohl! lebet wohl.

Scene 8.

Kolifonio. Nymphen.

Kolif. Nein, nein, ich kann mich nicht länger mehr halten, ich muß eine nach der andern umarmen — ich muß — ich muß — ich muß —, o Kinder, wie dank ich euch für mein Leben — denn ohne eure Hilfe hieng ich vielleicht schon am Mastbaum.

Talania. Höre, bist du denn ein Verbrecher, daß man dir so sehr nach dem Leben strebt?

Kolif. Mein größtes Verbrechen ist meine Liebe zu euch.

Talania. Und bloß darum will man dich bestrafen?

Kolif. Bloß darum — daß ich den Prinzen da hinauf transportirte, darf ich euch doch nicht sagen.

Talania. Wie? der Prinz wäre bey Tillinen?

Kolif. Darauf kann ein Verschwiegener Mensch gar nicht antworten.

Talina. Schwestern! — (sie sagt ihnen etwas heimliches ins Ohr) Habt ihr mich begriffen?

Nymphen. Sehr wohl!

Talina. Auf Wiedersehn, du Muster aller verschwiegenen Männer. (alle lachen, und laufen ab)

Scene 9.

Kolifonio allein.

Kolif. (ruft ihnen nach) Ihr Schönen, darf ich so frey seyn, euch zu begleiten? — sie gehen fort, ohne sich umzusehen. Ihr Lächeln war ein verdammt hämisches Lächeln.

Scene 10.

Armelia. Voriger.

Arm. Du bist Telemachs Freund?

Kolif. Der bin ich.

Arm. Folge mir.

Kolif. Wohin soll ich dir folgen?

Arm. Zur Königinn.

Kolif. Ich zur Königinn!

Arm. Sie erwartet mit Sehnsucht deine Gegenwart.

Kolif. Mit Sehnsucht? Hi hi hi! höre, mein schönes Kind, weißt du auch, was das Wort heißt, Sehnsucht?

Arm. O ja!

Kolif. Aber fühlst du es auch?

Arm. Nein!

Kolif. Wenn ich aber zum Beyspiel dich mit meiner Liebe beglückte?

Arm. Dann würde ich dich verachten.

Kolif. Was mich verachten? einen Mann verachten, der wie ein Herkules vor dir steht, der dich mit einem Blick vernichten kann, sag an, warum würdest du mich verachten?

Arm. Weil ich keinen Hang zu Männern fühle.

Kolif. Keinen Hang? in deinen Jahren keinen Hang zu Männern?

Arm. Nein, ich bin Philosoph —

Kolif. Du bist Philosoph — hi hi hi! — O Philosophie und Weiberkittel, hör auf, oder ich ersauf mich — aber um dir zu zeigen, daß ich kein so leichtgläubiger Narr bin, so komm einmahl her zu mir.

Arm. Zurück, und berühre mich nicht mit deinen unheiligen Händen

Kolif. Ich will noch mehr als dich berühren, ich will dich so gar küssen.

(er will sie küssen, sie gibt ihm eine Ohrfeige)

Arm. Da.

Kolif O jetzt glaub ich, daß du ein Philosoph bist — denn du hast so eine gewisse elastische Philosophie, daß man ordentlich vor ihr zurückprellt.

Duetto.

Armelia.

Jede Pflanze in der Erde,
    Sieht mein Aug mit Ehrfurcht an,

Kolifonio.

Jedes Weibchen auf der Erde,
    Sieht mein Aug mit Liebe an.

Armelia.

Jedes Würmchen, jede Mücke
    Führt mich auf der Urquell Spur.

Kolifonio.

Blonde, Braune, Schlanke, Dicke,
    Schuf für Männer die Natur.

Armelia.

Alle Männer werd ich haßen,
    Welche Weisheit nicht bewegt.

Kolifonio.

Nie werd ich mit Weibchen spaßen,
    Deren Herz für Mücken schlägt.

Armelia.

Würd es keine Männer geben,
    O wie schön wär diese Welt.

Kolifonio.

Dürft ich nicht mit Weibchen leben,
    O so wär es schlecht bestellt.

Armelia.

Nur das Weib ist auserlesen,

All ihr Weesen fehlerfrey.

Kolifonio.

Sie ist nur ein halbes Wesen,

Wenn der Mann nicht ist dabey.

Scene 11.

(Das Theater verwandelt sich in einen an=
genehmen offenen Ort. Zwey große Vo=
gelhäuser, wo lebendige Papageyen sind,
stehen auf beyden Seiten. Calypso sitzt
beym Toilette, statt des Spiegels fließt
ein Wasser, in welchem man Korallen zu
erblicken wähnt; auf der andern Seite
steht ein Tisch, worauf Kron und Sce=
pter, und ein Königsmantel liegt.

Die **Genien** bringen tanzend verschiedene
Blumen zum Toilette. Dieser ganze Auftritt
muß mit einer sehr piano und täuschenden
Music begleitet werden. Dann spricht
Calypso.

Calypso. Ha Telemach! Telemach! du bist
grausam!

Die zwey Papageyen fangen zwey verschiedene Gesänge
an, dann rufen sie untereinander

Calypso! Calypso! Calypso!

Calypso. O ihr guten Thierchen, ihr seyd
fröhlicher in eurem Kerker, als Calypso es je

seyn kann. (sie geht zu beyden) Hat man euch euer Futter gereicht?

2 Papageyen. Ja! ja! ja! ja! tscha!
tscha.

Calypso. Wie hieß der Liebling meines
Herzens?

1ter Papagey. Ulißes! Ulißes! Ulißes!

Calypso. (zum zweyten Paperl) Und für wem
pocht dieses Herz jezt? (Pause) sag liebes Thierchen, wer ist nun mein Liebling?

2ter Paperl. Der Paperl! der Paperl! der
Paperl!

Calypso. Wie aber heißt der schöne Fremdling von heute?

der Papagey. (Pause) Telemach! Telemach!
Telemach!

Calypso. Da hast du Zucker, so viel du
willst. (sie gibt ihnen Zucker, und sie rufen Uliß und
Telemach untereinander.)

Recitativ.

O käme Telemach, mich noch einmal zu sehn zurücke,
Es rührte ihn vielleicht, der Kummer meiner Blicke;
Doch nein! Tillina liegt ihm nur am Herzen,
Ihn rühren nicht Calypsos Schmerzen!
Doch ich bin Fürstinn, im Götterglanz gebohren,
Neptunens Tochter, zu herrschen auserkohren.
Der Stolze soll gebeugt sich um mein Herz bewerben,
Mein muß er werden — oder sterben.

Aria.

Doch Liebe läßt sich nicht erzwingen,

Sie ist geheime Sympathie,

Die Gegenliebe muß gelingen,

Durch beyder Seelen Harmonie.

Was soll ich ihn mit Zwange plagen,

Wenn er nicht liebet treu und rein,

Sein Herz muß mir entgegen schlagen,

Sonst kann ich niemals glücklich seyn.

Doch Liebe ꝛc. wie oben.

Scene 14.

Armelia. Vorige.

Calypso. O! komm Freundinn meines Herzens, komm, laß mich meinen Gram in deinen Busen verbergen — ach Freundinn, du bist glücklich!

Armelia. Handle wie ich, und du bist es nicht weniger.

Calypso. Das ist?

Armelia. Meide die Männer.

Calypso. Ha, du hast recht! — ich, ich will ihn nicht nur meiden, sondern auch so gar verachten.

Armelia. Daran erkenne ich die große Göttinn Calypso. (sie will gehen)

Calypso. Wo willst du hin?

Armelia. Ich habe auf deinen Befehl Telemachs Freund hieher beruffen. Nun aber soll kein Mann mehr den Schimmer deiner Augen sehen.

Calypso. Bleibe — Telemachs Freund sagst du? laß ihn kommen.

Armelia Calypso!

Calypso. Es ist nicht Liebe, nur so eine kleine weibliche Neugierde, nur zu hören, was Telemach spricht.

Armelia. Calypso, du reissest durch diese Unterredung dir eine noch tiefere Wunde ins Herz.

Calyso. Nicht doch Freundin, nicht doch du siehst, ich bin kalt — kalt wie das Eis, aber sprechen muß ich Telemachs Freund.

Armelia. (macht eine Pantomime, daß ihr diese Unterredung nicht gefällt, geht ab.)

Calypso. (sieht ihr nach.) Scheint es mir doch beynahe, als wenn jedes Weib mich um Telemachs Liebe beneidete — ach könnt ich nur eine Freundin zählen, die an meinen Kummer sich kettete, — aber so —

Scene 13.

Armelia tritt ein mit Kolifonio.

Armelia. Hier ist die große Fürstin! (ab.)

Kolif. (tritt furchtsam hervor.)

Calypso. Nur näher mein Freund, nur näher, warum zitterst du?

Rolif. Ich zittere immer, wenn ich so ein schönes Weib vor mir sehe.

Calypso. Du kömmst aus Telemachs Schule. — Doch sag, warum ziehst du dich immer zurück?

Rolif. Weil ich in Verlegenheit bin — ob ich die Hand — das Kleid, oder den Fuß küssen darf; denn ich muß dir aufrichtig sagen — ich bin ein Mann, dem das Herz gleich pocht, wenn so ein paar Sterne vor ihm aufgehen.

Calypso. An zierlichen Worten fehlt es dir nicht — doch wenn es dir Vergnügen macht, meine Hand zu küssen, so sey es! hier! (Sie reicht ihm die Hand)

Rolif. (küßt die Hand, ohne Calypso mit einer Hand zu berühren, und macht verliebte Pantomimen.) Hm! Hm!

Calypso. Was ist dir?

Rolif. Prometheus Feuer ist Schnee und Eis gegen diese schöne Hand — o wär ich Telemach.

Calypso. Nun was würdest du?

Rolif. Mich todt küssen — aber dann blieb ich auch nicht immer bey diesen all blendenden Händchen alleine — ich käme schon nach und nach bis zum purpurfarben Mund auch.

Calypso. Was den einen reißt, eckelt den andern — Telmach denkt nicht wie du.

Kolif. Dafür ist Telemach Prinz, und ich nur von gemeinen Eltern.

Calypso Sollte das die Liebe ändern?

Kolif. Ganz natürlich — die Großen sehen aus Nothwendigkeit immer abwärts, und wir Gemeinen suchen Hilf und Trost, wenn wir hinauf blicken — aber ich finde, daß es höchst gefährlich ist, wenn man nicht immer gerade vor sich hinsieht — vor mich zum Beyspiel, wär es am heilsamsten, wenn ich ohne Augen gebohren wäre.

Calypso Wie das?

Kolif. Weil ich itzt sehe, was ich nicht sehen sollte, und weil ich nun schwätze, was ich nicht schwätzen soll, und weil man am Ende ein Narr wird, wenn man sich das nicht erschwätzen kann, was man wünscht.

Calypso. Aber so viel ich mich erinnere, so hat es dir doch schon geglückt, eine meiner Nymphen zu beschwätzen.

Kolif. Je nu freilich! hat man keine Taube, so ißt man aus Hunger auch wohl den Raben.

Calypso. Der ist keck und verschlogen, aber um Telemachs Willen sey alles gewagt — Du denkst also, daß Telemach nie mehr lieben könnte —

Kolif. Das will ich nicht sagen — denn

wir Männer sind wunderbare Geschöpfe, —
heute schwören wir bey allen bösen Geistern,
jene nicht mehr anzusehen, und morgen knieen
wir vor ihnen zur Erde, und wimmern so
lange, bis man uns erhört.

Calypso. Du denkst also, daß ich Telemach durch Drohung gewinnen würde?

Rolif. Furcht, kennt Telemach nicht —
aber ich würde ihn mit Gleichgültigkeit be-
handeln, vor allen aber Tillina die Freyheit
wieder geben, rührt ihn deine Großmuth
nicht, dann ists besser, du schenkst dein Herz
einem Mann der — der — sichs zur heilig-
sten Pflicht macht, in jeden Augenblick für dich
zu sterben (für sich) daß ich der Mann bin,
kann sie doch leicht errathen.

Calypso. Ich werde deinen Rath befol-
gen, sag dem Prinzen, Tillina sey wieder
frey, sag ihm, daß es mich schmerzen würde, wenn er von dannen zöge, ohne von
mir Abschied zu nehmen, sag ihm, daß ich
mein Reich, mein Leben mit ihm getheilt
hätte, sag ihm, daß Calypso diesen Königsmantel, und diese Krone für ihn bestimmt
hätte, sag ihm, daß ich verzweifeln würde
ihn nicht mehr zu sehen.

Rolif. So ein Mantel könnte unser einem auch nicht übel stehen.

Scene 14.

Polania. Vorige.

Pola. Fürstin! —

Calypso. Was giebts?

Pola. Telemach und Tillina —

Calypso Nun?

Pola. Sind fort.

Calypso Fort? fort sagst du?

Kolif. (freudig für sich.) Kolifonio hat eine herrliche Aussicht.

Scene 15.

Alle Nymphen kommen.

Chor.

Calypso.

Ihr Schwestern doch schwinget die Fackel der Rache,

Alle Nymphen.

Wir schwingen wir schwingen die Fackel der Rache.

Calypso.

Eilt bringet den Prinzen eilt bringet Tillineu,

Alle Nymphen.

Wir bringen den Prinzen, wir bringen Tillinen.

Calypso.

Schleppt todt oder lebend sie beide mir her.

Alle Nymphen.

Auf todt oder lebend wir schleppen sie her.

Calypso.

Ihr Blut solls mirs büssen, die Rache sey schwer.

Alle Nymphen.

Ihr Blut soll es büssen, die Rache sey schwer,

Calypso.

Gedenkt meiner Worte Blut Rache und Todt.

Alle Nymphen.

Wir denken der Worte Blut Rache und Todt.

(alle ab.)

Scene 16.

Kolifonio allein, hernach Pratschina, und Krieger.

Kolif. Das sind Weiber! O ihr Götter, schützt mich nur vor dem Zorn der Weiber.

Pratsch. (kömmt eilig herein.) Rette dich Freund, sonst bist du verlohren. — Die Krieger stürmen so eben durch den Pallast herein — man verlangt deinen Kopf; wirf den Mantel um dich und flieh. — (Sie giebt ihm den auf den Tisch liegenden Mantel um, und läuft ab.)

Kolif. Aber so hör nur —

Pratsch. Ich muß zur Fürstin

Kolif. Dasmal schnüren sie mir den Hals zusamm, gute Nacht Welt — zu was soll mir der Mantel nützen (die Krieger von innen.)

Krieger. Heraus mit dem Verräther! heraus!

Kolif. O Göttin der Unsichtbarkeit steh mir bey. (setzt den Fürstenkranz auf sein Haupt, alle Krieger tretten herein.)

Erster Krieger. Wo ist er? (als sie sehen, daß Kolifonio so verkleidet da steht, so erschrecken sie.)

Kolif. Ihr Frevler, wen sucht ihr hier, dachtet ihr vielleicht, daß ich, wie ihr von gemeinen Stande sey? fort aus meinen Augen, wenn ihr nicht des schimpflichsten Todes sterben wollt; Calypso wählte mich zum Fürsten dieses Landes, und weh euch, wenn ihr nicht augenblicklich von dannen zieht — fort sag ich, fort! — fort! fort!

Krieger. (gehen stillschweigend ab.)

Kolif. (küßt den Mantel und Kranz, singt:) da — da — da! Jezt, wem hab ich mein Leben zu verdanken? einem Weib! — ja, wenn die Weiber wollen, da hilft alles nichts, der Teufel selbst muß per Chappeaupas gehen — aber seh ich denn auch einen Fürsten ähnlich?

Erster Papagey. Ja einen Narren, einen Narren!

Kolif. Was ist das? wer hat denn jezt gesprochen?

Erster Pap. Ja ein Narr bist du.

Kolif. Ist da hör man den Vogel! Was bin ich?

Erster Pap. Ein ausgefreßner Narr.

Kolif. Ein ausgefreßner Narr.

Kolif. (zum Zweyten.) Ist das wahr?

Zweyter Pap. Ja! du bist der Bachus aufm Bierfaß.

Kolif. Wär ich Fürst, ihr müßtet es mir theuer bezahlen, doch nein — nein! rachgierig wäre ich nicht, — aber mein Leben würde ich fürstlich genießen.

Aria.

Bey großen und stattlichen Herren,
Möcht ich wohl ein Papagey seyn.
Ich ließ in den Käfig mich sperren,
Sie reichten mir Zucker hinein;
Und machten im Hause die Leuthe,
Nur einen verdächtigen Streich,
So macht ich dem Herrn die Freude,
Und plauderte alles sogleich.
Ich schickte mich herrlich darein,
Ein Paperl ein Paperl zu seyn.

Bey Nachts wär ich stets auf der Lauer,
Wenns Wetter wär düster und trüb;
Und stieg einer über die Mauer,
So schrie ich du Spitzbub du Dieb.
Und gäb man mir Zucker und Feigen,
Und schmeichelte man mich dabey,
So würde ich dennoch nicht schweigen
Ich blieb meinem Herren getreu,
Ich schickte mich herrlich darein,

Auch giebt es gewisse Gespenster,
Es nimmt sie der Paperl in acht,
Sie kommen gar oft durch das Fenster,
Und sagen den Mädeln gute Nacht;
Sie schleichen ganz still auf den Zehen,
Sind gerne bey Schönen allein.
Es hat euch der Paperl gesehen;
Geht weiter, sonst werde ich schreyn.
Ich schickte mich herrlich darein,
Ein Paperl ein Paperl zu seyn.

Scene 17.

(Das Theater verwandelt sich in ein kurz=
zes Gebüsch, Telemach und Tillina tre=
ten ein.)

Duetto.

Telemach und Tillina.

Telemach.

Mir ist so wohl an deiner Seite,
So wohl wars meinem Herzen nie.

Tillina.

In mir klopft Hoffnung Furcht und Freude,
So etwas fühlte ich noch nie.

Telemach.

Mich rühren diese sanften Triebe,
Es zeigt dein unschuldvolles Herz.

Tillina.

Doch wäre strafbar unsre Liebe,
So quälte uns der Trennung Schmerz.

Telemach.

O nein! Stets bleib ich dir zur Seite,
Sind wir nicht beyde Engelrein?

Tillina.

Mein Herz kennt keine andre Freude,
Als ewig, ewig dein zu seyn.

Beide.

In mir klopft Hoffnung, Furcht, und Freude,
So etwas fühlte ich noch nie:
Mir ist so wohl an deiner Seite,
So wohl wars meinem Herzen nie.

(wollen gehen.)

Scene 18.

Pratschina, mit einer brennenden Fackel in der Hand.

Pratsch. Ist das nicht Telemach und Tillina? — ja, sie sinds — Telemach, Tillina! kommt hieher (sie kommen.) Unglückli-
che wo wollt ihr hin? — kommt hieher, dort
geht ihr euren Tod entgegen.

Tillina. So ist mir doch noch eine Freundin an diesem Hofe übrig? o nun ist Tillina wieder ganz glücklich.

Telemach. Sag an Freundinn, was spricht man am Hofe, und was spricht die Fürstinn von Telemach?

Pratsch. Um euch das alles zu erzählen, ist die Gefahr hier zu groß — denn Calypso und alle Nymphen, haben euch einstimmig den Tod geschworen, in ihrer Wuth stecken sie alle Schiffe in Brand, und nun streichen sie mit ihren Fackeln die Wälder durch, um euch zu finden.

Tillina. O Telemach, Telemach! was haben wir gethan?

Pratsch. Folgt mir in diese Grotte, denn euer Wimmern frommt hier zu nichts.

Tillina. Telemach, ich will allein zurück, ich allein will das Opfer seyn.

Telemach. Was sagst du? nein Liebe! wo du bist, da ist auch Telemach — dein Schicksal sey das meinige; das schwor ich bey der geheiligten Asche meines Stammvaters, bey Arcesiens Schatten. . .

Terzetto.

Die Bühne wird schnell etwas dunkel. Donnerstreich und Blitz. Man hört zugleich eine Baßposaune nebst zwey Horn, Arzesiens Schatten singt von innen)

Telemach!

Telemach. (etwas zitternd) Was war das?

Schatten. (wie oben) Telemach!

Telemach. Noch einmal.

Schatten. (wie oben) Telemach!

Wach aus deinem Schlummer, die Liebe bringt dir Todt.

Telemach. Tillina. Pratschina.

Wach auf aus deinem Schlummer, die

Liebe bringt $\left.{dir \atop mir}\right)$ Todt.

Tillina. $\left.\atop\right)$
Pratsch. $\Big)$ Ihr Götter, weh mir.

Telemach.

Nun denn, was giebt es hier:
Will mich wohl Mentor necken,
Ein falscher Dämon schrecken,
Tillina folge mir.

Pratschina.

Prinz, zaudert dieß zu wagen,
Ich muß die Wahrheit sagen:
Dieß war Arcesiens Schatten,
Den auch dein Vater sah.

Telemach.

Wie, was Arcesiens Schatten?

Pratschina.

Es war Arcesiens Schatten,
Wir haben ihn gesehn,
Bey uns vorüber gehn.
Als einst Uliß Calypso schwur:
Er liebe sie alleine nur.

Telemach.

Sag mir, wie sah der Schatten aus?

Pratschina.

Noch füllt es mich mit Angst und Graus.
Grau war er im Gesichte,
Auf seinem Haupt war eine Kron,
Mit Majestät, und ernstem Drohn,
Befahl er dem Uliß, zu fliehn.
Bestürzt ließ ihn Calypso ziehn.

Telemach und Tillina.

Und gieng Uliß aus eurem Land?

Pratschina.

Zur Stunde floh er unser Land.

Telemach und Tillina.

Wie aber kann ich reisen,
Die Schiffe sind ja schon verbrannt.

Pratschina.

Dieß wird sich alles weisen,
Vertraut auf Amors starke Hand.

Telemach. Tillina. Pratschina.

Wo Herzen voll von Liebe schlagen,
Wo Treu und Unschuld sich vereint,
Da dürfen Menschen niemals zagen,
Die Gottheit selbsten ist ihr Freund.

(alle ab)

Scene 19.

Kolifonio allein.

Kolif. (singt) La la la la! daß ich heute
noch so einen vergnügten Tag erleben sollte,
hätte ich nimmermehr gedacht. —

Scene 20.

Molina, Polania mit Fakeln in der Hand.

Beyde. *(fie ergreifen ihn)* Ha, haben wir dich!

Kolif. Meine Damen, ich bitte um alles in der Welt — wodurch hab ich denn verdient, daß ihr mich so jämmerlich erschröckt.

Molina. Komm nur, du wirst noch mehr zittern, wenn wir dich zur Fürstinn bringen.

Kolif. Aber um des Himmels willen, ich hab ja nichts verbrochen.

Polania. Sag an, wo ist Telemach und Tillina.

Kolif. Wo Telemach und Tillina ist?

Molina. Antwort.

Kolif. Kann euch das nützen, wenn ihr es wißt?

Polania. Wir haben zu fragen, und nicht du, — Antwort.

Kolif. Nur gelassen, meine Damen, nur gelassen, und schreit nicht so — seht, wenn Telemach und Tillina auch wirklich entfliehen wollten — so wäre doch alles vergebens — da ihr alle Schiffe in Brand stecktet.

Molina. Sahst du sie brennen?

Kolif. Ja freylich, es war mir Angst genug bey der Sache:

Molina. Aus diesem schließe, wie Calypso sich erst an undankbaren Menschen rächt.

Rolif. Auf diese Art hat sich also die Sache noch nicht geendiget.

Polania. Das war nur so ein kleines Vorspiel; nun kommt die Reihe an dich.

Rolif. Wenn es möglich ist, schöne Damen, so laßt mich aus dem Spiel. Ich will lieber einen guten Statisten machen als eine schlechte Hauptrolle. (will fort)

Polania. Nicht von der Stelle, oder du bist des Todes.

Scene 21.

Calypso. (mit einer Fackel in der Hand)

Calypso. Wer sprach hier?

Molina. Hier, große Fürstinn haben wir einen Verräther, sag an, was soll mit ihm geschehen.

Calypso. Ist das nicht Telemachs Freund?

Rolif. O weh! große Fürstinn, ich war einst Telemachs Freund, aber nun bin ich es nicht mehr; nun könnte ich ihn selbst mit meinen eigenen Zähnen zerreissen, weil er dich so schändlich hintergieng.

Calypso. Laßt den rechtschaffenen Mann seine Freyheit.

Rolif. Hi hi hi, diesmal hat mir mein Witz einen großen Beystand geleistet.

Calypso, (spricht heimlich mit Beyden) Dieser Mann ist ein leichtsinniger Schwätzer, durch Güte und Herablassung werden wir mehr erfahren, als durch Strenge.

Kolif. Was die Fürstinn so sanft nach mir blickt. Hi hi hi! lachen müßt ich — wenn sie statt Telemach mich zu ihrem Herzenswurm wählte.

Calypso. Lieber Freund, diese Damen hatten nur ihren Scherz mit dir — und wo ich nicht irre, so sind sie alle beyde in dich verliebt.

Kolif. Den Gusto sollen sie sich vergehen lassen — denn wenn ich einmal verliebt werden könnte, da wüßte ich mir ganz was anderes — was erhabeners — was größers — was glänzenders — so was schwärzers — (sehr schnell) o ich Esel, das war blump, dasmahl hab ich zu viel verrathen.

Calypso. Begreift ihr?

Nymphen. Ja!

Calypso. Wer mir sagen könnte, auf was Art der Prinz Tillinen entführte, dem würde ich Namenlos belohnen.

Kolif Wenn ich ein Schwätzer wär, so könnte ich dir sagen, daß ich der war, der dem Prinzen in Tillinens Zimmer half — aber von mir soll kein Mensch etwas erfahren

Calypso. Ich würde den mit einer Krone belohnen, der dem Prinzen den großen Gedanken eingab, Tillinen zu entführen.

Kolif. Mit einer Krone, wenn nun zum
Beyſpiel ich der Mann wäre?

Calypſo. Du? das iſt nicht möglich.

Kolif. Es iſt nicht nur möglich — ſondern
Wirklichkeit.

Calypſo. Aber wie machtet ihr das?

Kolif. Hi hi hi! ganz pfiffig, ſo hielt ich
mich mit beyden Händen an der Mauer an —
und Telemach ſprang über meinen Buckel zum
Fenſter hinein.

Calypſo. Welch großer Gedanke, nein,
ſo was muß belohnt werden.

Kolif. Die Fürſtinn hab ich ſchon am
Bandel, die iſt ſchon ſo viel als mein.

Calypſo. Nun möcht ich nur noch wiſſen,
wo jetzt Telemach mit Tillinen ſeyn könnte.

Kolif. Das weiß ich auch.

Calypſo. Nicht möglich.

Kolif. Ja, er hat ſich ſo eben mit zwey
Nymphen in dieſe Grotte dort verborgen.

Calypſo. Iſt das gewiß?

Kolif. Schwätzen iſt ſonſt meine Sache
nicht, aber wenn ich einmal was ſage, ſo
iſts auch Wahrheit.

Calaypſo. (läßt ihre Wuth blicken, doch hält ſie
es vor Kollfonio verbergen) Auf Schweſtern; Rache
und Verderben über Telemachs Haupt.

(wollen gehen)

Kolif. Frau Fürſtinn, wenn ich dich in

deinem Pallaſt beſuchen wollte, wird man mir keine Hinderniſſe machen ?

Calypſo. Sey unbekümmert! groſſe Thaten verdienen auch groſſe Belohnungen. — Ich will nur erſt mit Telemach endigen, dann kommt die Reihe an dich.

Kolif. Frau Fürſtinn, kann ich zu jeder Stunde zu dir paßiren?

Calypſo. Zu jeder Stunde. Das Loſungswort: Liebe oder Todt!

Kolif. Hernach wiſſen die Leute ſchon, wo ich hin ſoll?

Calypſo. Dann iſt dir jede Thüre geöffnet.

(geht ab)

Kolif. Also Liebe oder Todt! — das heißt ſo viel, Telemach muß ſterben, und Kolifonio wird Fürſt. Poß Element, was bin ich für ein glücklicher Mann; jetzt komm ich auf einmal zu einem Fürſtenthum, ich weiß nicht wie.

(geht ab)

Scene 22.

(Das Theater verwandelt ſich in einen verſetzten Hain; ferne ſieht man Schiffe brennen; hin und wieder Säulen von eingefallenen Tempeln; die Nymphen halten Fackeln in den Händen, und gehen haſtig durch die Bäume hin und her.

Chor von Nymphen.

Schon prasselt das Feuer in Segel und Masten,
Schon schlagen die Flammen zum Himmel empor!
Doch lasset die Rache nicht ruhen, nicht rasten,
Auf sucht den Verräther, und schleppt ihn hervor.

(Sie schleppen Telemach und Tillinen herbei)

Alle.

Ach hervor ihr falschen Herzen,
Fühlet schrecklich eu'r Vergehen,
Fühlt gerechter Strafe Schmerzen,
Bringt sie an das Licht hervor!

Calypso.

Schließet einen Kreis um sie,
Höret, richtet ihre Worte!
Sehet dort an jenem Orte,
Den jetzt Telemach nimmt ein,
Schwur sein Vater falsche Schwüre,
Mir auf ewig treu zu seyn.

Telemach.

Er zog zu der Gattinn hin,
Und das Reich verlangte ihn.

Calypso.

Schweig! so war der Vater schon.
Sprecht, was verdient der Sohn?

Alle Nymphen.

Er verdient den Todt zum Lohn!

Telemach.

Tod wird mir zur Lind'rung dienen,
Nur habt Mitleid mit Tillinen.

Tillina.

Nein! verschont den Jüngling nur.

Calypso.

Schweig, den Tod verdient ihr nur.

Alle Nymphen.

Höre Detus unsern Schwur.
Tod Lächelt unsre Rache nur.

Calypso.

Laßt die blanken Dolche blitzen,
Stoßt sie in der Falschen Brust.

Alle Nymphen.

Sieh, schon zücken unsre Spitzen,
Hoch entflammt der Rache Lust.

Telemach.

Haltet ein! — verklärte Schatten,
Rächt für diese Unthat Euch! —
Höre mich Arcesins Schatten,
Komm aus deinem Todtenreich.

Alle Nymphen.

Ha, mit ihm sollt ihr euch gatten,
Fort, hinab ins Schattenreich.

Scene 23.

Donner, Blitz, Posaun = und Waldhornton.

Als König erscheint Arcesiens Schatten.

Hütet euch vor Übelthaten,
Blick der Unschuld schändet euch.
Hört! ich bin Arcesiens Schatten,
Und die Götter warnen euch.
Fürchtet euch vor meinen Dröhn,
Denn Ulißes war mein Sohn.

Calypso und die Nymphen weichen bebend
rechts und links zurück.

Alle.

Götter seht dieß bange Beben,
Unsre Rache ist dahin!
Niemals komm in unserm Leben
Mordsucht wiederum in Sinn!
Götter schonet, seht dieß Beben,
Lasset uns von dannen fliehn.   (ab)

Telemach knieend.

Du Vater meiner Väter!
In Staub bet ich dich an,
Und schwör' beym Gott der Götter
Zu geh'n der Ehre Bahn.

Arcesiens Schatten.

Du mußt dieß Ufer meiden,
Die Ältern grämen sich.
Versüße ihre Leiden,

Und zeige tapfer dich! —
Du mußt dem Staat dich weih'n
Ihm König — Vater seyn!

(verliert sich durch die Bäume)

Telemach allein.

Recitativ.

Ist so viel Werth noch in mir Armen,
Daß Götter meiner sich erbarmen,
Ach ja, ich fühls in jeder Ader, die sich regt,
Daß Unschuld noch in meinem Herzen schlägt.

Aria.

Tillnen muß ich nun verlaßen,
Nur dieß, o Schuzgeist, quält mein Herz! —
Wer kann der Götter Rathschluß faßen?
Der Ehre Ruf besiegt den Schmerz. —
Ich will mich meinem Volke weihn.
Will König, Freund, und Vater seyn.

Wie er abgehen will, begegnet ihm Mentor.

Scene 24.

Mentor.

Siehst du dort die Schiffe brennen?
Götter! mußt ich so verkennen
Meinen königlichen Freund?

Telemach.

Mach mir keinen Vorwurf mehr,
Denn ich leide centnerschwer! —
Reue hat mein Herz getroffen,
Deinem Rathe steht es offen:
Mentor, hier ist meine Hand,
Führe mich aus diesem Land!

Duetto.

Mentor.

Wirst du jetzt die Liebe meiden?

Telemach.

Fliehen will ich ihre Freuden! —

Mentor.

Held und Freund mir wieder seyn?

Telemach.

Telemach sey ewig dein! —

Beide.

Laß dich an den Busen drücken,
Du bist mein, o welch Entzücken!
Du wirst dich) der Ehre weih'n,
Ich will mich)

Vater (deines) Landes seyn.
(meines)

(gehen ab, und kommen wieder zurück.)

Mentor.

Fühlst du dieses tief im Herzen? —

Telemach.

Ja, ich fühl' es tief im Herzen.

Mentor.

Komm!

Telemach.

Komm!

Beyde.

Komm, nun bist du wieder mein,
Ewig, ewig bin ich dein!   (gehen ab)

(Das Theater verwandelt sich in einen angenehmen Garten.

Scene 25.

Tillina allein.

Recitativ.

Wo bin ich? Ist mirs doch so düster und schwer,
Als wenn ich in dem Reich der Schatten wär!
Weh mir! bin ich denn noch bey Sinnen?
Ist jener Schatten wirklich mir erschienen?
Bin ich zu meiner Quaal erwacht?
O nein ich lebe — fühle der Leiden ganze Macht.

Aria.

Ohne Telemach zu leben,
Ist mir Quaal und Todtespein,
Ach was gleicht den süßen Streben.
Lieben, und geliebt zu seyn.
Doch weit schöner, als wir denken,
Können es die Götter lenken,
Ach vielleicht wird er noch mein,
Und Tillina ewig seyn.   (will gehen)

Recitativ.

Hier kommt Calypso, wehe mir!
Ihr Götter! schützet mich vor ihr.

Scene 26.

Calypso. Vorige.

Gutes Mädchen, ach verzeihe!
Weiche nicht von mir zurück!
Sieh wie ich den Fehl bereue
Deine Ruhe sey mein Glück! —
Nimm den Prinzen, er sey dein
Gern will ich verlassen seyn.

Tillina.

Fürstinn, nein bey deinem Leibe
Wär die Liebe mir nicht süß,

Künftig lieben wir ihn beyde,
Sage Fürstinn, willst du dieß?

Calypso.

Beyde wollen wir ihn küssen,
Und der Liebe Glück genießen.

Tillina.

Beyde lieben? willst du dieß?
Beyde küß er, willst du dieß?

Calypso. Tillina.

Ungestört in Freud und Leyde,
Ruhest du an meiner Seite.
Komm der Freundinn Arm allein,
Soll mein Ruhebette seyn.

(Arm in Arm ab)

Scene 27.

Kolifonio allein, hernach Pratschina.

O wär ich in der Burg schon drinnen,
Es knebelt mir das Herz so bang! —
Zum Fürstenstand, zu Prinzeßinnen —
Wird mir die Zeit abscheulich lang.
Ists Furcht, ists Freude, ja ich wette,
Es ist die Furcht der Etikette! —
Der Streich ist mir noch nicht geschehen
Mit Fürstinnen vertraut zu stehen.
Mit einer Fürstinn umzugehen,
Doch komm ich ihr nicht gar zu fein,
So wird sie nicht gleich böse seyn.

Recitativ.

O weh! da kommt Pratschina her!
Die arme Haut ist wahrlich zu beklagen,

Es fällt mir meiner Seele schwer,
Doch muß ich ihr jetzt gleich den Abschied
sagen.

Pratschina.

Wie gehts mein Schätzchen — so allein?

Kolifonio.

Ich sah für mich im Monde schon
Die Kron, den Scepter, und den Thron,
Die Krönung, und die Hochzeitspracht,
Und Kolifonios Ehrenwacht.
Der jetzt durch die Calypso wird
Zum Fürstenstande procurirt.

Pratschina.

Mein Schatz, du bist verrückt, ich wette!

Kolifonio.

Da sieh nur in den Mond hinauf! —
Calypso geht mit mir zu Bette,
Drum sey nur still, weck sie nicht auf.

Pratschina.

Ja, ja, du bist verrückt, ich wette.

Kolifonio.

Kann ich dir eine Gnad erzeigen,
So melde dich zur Audienz,
Ich will die Ohren gnädigst neigen,
Und nun mach deinen Reverenz.

(will gehen)

Pratschina.

So hör nur König aus dem Monde —

Kolifonio.

Respekt, jetzt schlägt die Ruhestunde!
Der König geht zur Königinn,

Pratsch. Hanns Narr!

Kolif.   Sey still!

Pratsch. Hanns Narr!

Kolif.   Sey still!

Pratschina.

Hanns Narr! Hanns Narr! Hanns Narr!

Kolifonio.

Sey still! sey still! sey still!

(beyde ab)

Scene 28.

Die Bühne verwandelt sich in ein Kabinet. Calypso schläft auf einem Ruhebette rechts, Tillina links; durch die Thüre sieht man Nymphen mit Bogen auf und abgehen. Kolifonio.

Melina. Polania.

Wer da? wer da? wer da?

Wer wagt sich hier heran?

Kolifonio.

Ich bin der König,

Seht ihr mirs denn nicht an?

Melina. Polania.

Gieb uns das Losungswort,

Sonst wirst du massakrirt.

Kolifonio.

Nu ja, Lieb oder Tod.

Melina. Polania.

Paßirt, paßirt, paßirt.

Kolifonio. (tritt ein)

Courage steh mir bey, da ruht die Königinn

Wie thu ichs ihr denn kund, daß ich schon

Zupf ich sie bey dem Fuß, so könnte sie
erschrecken;
Drück ich sie bey der Hand, so kriegt sie
blaue Flecken.
Vielleicht wird sie dann wach,
Ich huste allgemach.   (hustet nach Musik)
O Königinn wach auf! gieb meiner Liebe
nach,
Dein König steht vor dir, ach sage, liebst
du mich.   (hustet leise)

Calypso. (im Schlafe)
Ja, ewig lieb ich dich.

Tillina. (im Schlafe)
Ja, ewig lieb ich dich.

Kolifonio.
Noch eine zweite da? Tillina auch? ey ey!
Wie glücklich bin ich nicht, statt einer hab
ich zwey.
Die wird die Kammerdam, mit der kann
ich mich necken,
So etwas ist für mich, jetzt will ich beyde
wecken.   (sin it stärker)
Sie schlafen um die Wett, jetzt stoß ich an
das Bett. (schreyt, was er vermag)

Calypso, Tillina. (springen auf)
Wer ist so kühn, uns zu erschrecken?

Kolifonio.
Ihr Damen lärmet nur nicht so,
Der König Kolifonio —
Steht hier bey eurem Ruhebett,
In seiner ganzen Majestät.

Calypſo. Tillina.

Ha, büße die Verrätherey,
Auf auf ihr Damen kommt herbey!

Calypſo bläst in ein Horn, ſogleich erſcheinen die Nym=
phen.

Alle Nymphen.

Calypſo, was iſt vorgegangen?

Calypſo.

Nehmt dieſen Böſewicht gefangen.
Er ſoll der Tieger Speiſe ſeyn,
Weil er ſo tollkühn drang herein.

Kolifonio.

Bedenkt, wenn ihr mit mir verweilet,
So iſt der Prinz auf ewig hin.
Wenn ihr nicht gleich zum Felſen eilet,
So wird er aus dem Land entfliehn.
Er eilt zu Fuß an Mentors Hand,
Vom großen Felſen aus dem Land.

Calypſo. Tillina.

Fort Schweſtern alle ohne Verweilen,
So ſollſt du nun in Freyheit ſeyn.

(alle ab, mit Nymphen)

Kolifonio. (allein)

Bald weiß ich nimmer was ich bin
Die Krone iſt ſchon wieder hin.

S c e n e 29.
Kolifonio. Pratſchina.
Duetto.

Pratſch. mit einer Bittſchrift voll Complim.)
Herr König, gieb mir eine Gnade!

Kolifonio.

Hör auf, ich bitt dich, fopp mich nicht.

Pratschina.

Herr König gieb mir eine Gnade!

Kolifonio.

Hör auf, ich bitt dich, fopp mich nicht.

Pratschina.

Du bist so reich, hast eine Kron,
Drum schenk mir eine Peusion!

Kolifonio.

Die Majestät ist wieder witsch,
Mein Königreich ist heidi pritsch.

Pratschina. (lacht)

Nun, Strohkopf, mag ich dich nicht mehr.

Kolifonio.

Ach liebe mich, so wie vorher!

Pratschina.

Nein, nein, das kann ich nimmermehr,
Denn du beschimpftest mich zu sehr.

Kolif. Mein Schatz!

Pratsch. Bin keine Königinn!

Kolif. Mein Weib!

Pratsch. Bin keine Königinn!

Kolif. Ich erhäng mich!

Pratsch. Immerhin.

Kolif. Ich ersäuf mich!

Pratsch. Immerhin.

Kolif. Ich verbrenn' mich!

Pratsch. Immerhin.

Beide. (Daß ich dieses sollt erfahren,
(Hätt' ich nie mir vorgestellt.

Kolif.   Sieh, so einen guten Narren
          Giebt es nicht mehr auf der Welt.
Pratsch. Ja, so einen guten Narren
          Find ich schwerlich auf der Welt! —
          Komm her mein Herz, mein Leben!
Kolif.   Ja, mit Freuden komm ich her.
Pratsch. Und vergessen und vergeben
          Lieb ich dich so wie vorher.
Beyde.   Kolifonio und Pratschine
          Sind auf ewig nun verbunden,
          Und es zeige ihre Miene,
          Daß sie dieses Glück empfunden.

                              (beyde ab)

S c e n e 30.

Mentor führt Telemach an der Hand.

Mentor.   Sey standhaft Jüngling, folge mir,
          Du gabst dein Ehrenwort von dir.
Telem   Laß mich sie nur noch sehen,
          Nur einen Abschiedskuß!
Mentor.   Dieß darf nicht mehr geschehen.
          Gefahr folgt auf den Fuß.
Telem.   Ach Mentor hab Erbarmen!
Mentor.   Dieß fühlt mein Herz für dich.
Telem.   Erhöre doch mich Armen,
          Du fühlest nicht für mich.
Mentor.   Ich hab mit dir Erbarmen,
          Doch ruft das Schicksal dich.

   (Unter diesem Duett zieht er ihn auf den Felsen)

Scene 31.

Vorige. Tillina. Calypso. Nymphen.

Tillina. Ach Trauter bleib zurücke!

Telemach. Ach laß mich zu ihr hin! —

Mentor. Umsonst!

Telemach. Tillina.

Nur einen $\begin{array}{l}\text{ihrer}\\\text{seiner}\end{array}\Big)$ Blicke

Mentor. Umsonst.

Telemach. Tillina.

Du stöhrest unser Glücke!

Mentor. Dieß ist der Götter Sinn.

Calypso. Ach Trauter bleib zurücke!

Telem. Ach laß mich zu ihr hin!

Mentor. Umsonst.

Calypso zu Tillina.

Ach Freundinn halte ihn!

Tillina.)

Telem. (Nur der Umarmung Glücke.

Calypso)

Mentor. Ach meide ihre Blicke,
Sonst stürz ich dich im Schlunde des tiefsten
Meers hinab.

Obige drey.

Des Meeres tiefste Gründe, sind mein willkommen Grab.

Telem. Ich muß ihr nach!

Mentor. Umsonst.

Beide Weiber. Ach weile noch!

Beide Männer. Umsonst.

Mentor. Ich stürze dich hinab.

Telem. Verzweiflung tobt in ihrem Herzen, Tillina liebt mich treu.

Mentor. (stürzt den Telemach hinab) Hinab ins
Grab der Schmerzen. Nun bist du wieder frey.

Telemach. (im Stürzen) ·
Calypso, Tillina, lebe wohl!

Tillina. (stürzt sich nach)
Ich folge, Calypso lebe wohl!

Calypso. Weh mir!

Zwey Nymphen kommen.
Weh uns, was ist geschehen?

Ritornell, Donnerschlag, die Felsen stürzen
ein, Minerva mit ihrem Gesang auf einen
Wolkenwagen Die Scenen sind transpa-
rent; die Bäume glänzendgrün, das Meer
silberartig. Neptun kommt mit seinem
Wasserpferde mit Telemach und Tillina,
nach ihnen Wassergötter und Nymphen in
Silbermuscheln.

Schlußchor.
Der Held hat muthig überwunden,
Tillina krönt des Siegers Hand.
Der Lohn den Schmerz, den du empfunden
Die Liebe in dem Vaterland.
Dort sollst du dich dem Staate weihn
Und dankbar an Calypso seyn.

Calypso. (sinkt den Nymphen in die Arme)
Weh mir, ich leide nur allein.

Ende.

Errata.

Seite	Zeile	statt	soll heißen
I.	9	.	,
II.	9	Ätiopien	Utopien
III.	3	Denkalions	Deukalions
IV.	7	Conzent	Conzert
IV.	9	ist das Wort unanständig ausgelassen.	
IV.	22	neuen	nennen
V.	12	größtentheil	größtentheils
V.	24	nascatur	nascitür
VI.	9	sich	sie
IX.	9	borus	bonus
IX.	20	nz	zu
X.	1	er lebt	erlebt
1	4	Lustservietten	Luftservitten
18	23	Polanta	Polania
23	4	Schulter	Schulter
23	19	lehret	lohnet
24	12	muß nach Calypso das O weggelassen werden,	
31	28	auch	auch
38	11	wart	war't
38	18	7	21
39	19	Jahre	Jahren
43	2	betrübt	berückt
43	18	halt	halte
53	2	Schock	Schockbriefe
53	6	sah mich und	die mich sah,
61	15 20 25	Talania	Polania
62	14	Talina	Polania
74	29	in	bin
76	4	gute	gut'
83	18	blump	plump
86	8	ach	auf!
87	9	Dukus	Deckus